光尘
LUXOPUS

送给杰里米、杰克和埃德

一百座时钟的房子

A. M. HOWELL

[英] 安-玛丽·豪厄尔 著

张成 译

目 录

第一章	合约	1
第二章	斯坦利·理查德	12
第三章	飞行器	20
第四章	问题	25
第五章	镜子	35
第六章	钟表房	45
第七章	那个女孩	52
第八章	信息	58
第九章	奥比特跑出来了	66
第十章	"男孩"	74

第十一章	钟表零件	81
第十二章	剑桥	87
第十三章	福克斯先生的钟表店	93
第十四章	鹅卵石	100
第十五章	雨伞	105
第十六章	书的迷宫	114
第十七章	机械零件	123
第十八章	明信片	131
第十九章	桥	140
第二十章	福克斯先生	147

第二十一章	巴林顿医生	155
第二十二章	剪贴簿	162
第二十三章	马厩	168
第二十四章	行李箱	173
第二十五章	1904年10月，划船	178
第二十六章	弗洛伦斯	183
第二十七章	房子变成家	189
第二十八章	《五个孩子和沙精》	195
第二十九章	马青顿父子律师事务所	201
第三十章	特伦斯	207
第三十一章	阿姆斯大学酒店	213
第三十二章	帽盒	220

第三十三章	时钟停止了	228
第三十四章	时钟检查	236
第三十五章	珍贵的鸟儿	240
第三十六章	跟着他！	246
第三十七章	鸟笼空空如也	252
第三十八章	警报声	256
第三十九章	河流	265
第四十章	团聚	273
第四十一章	真相	278
第四十二章	可能性	286

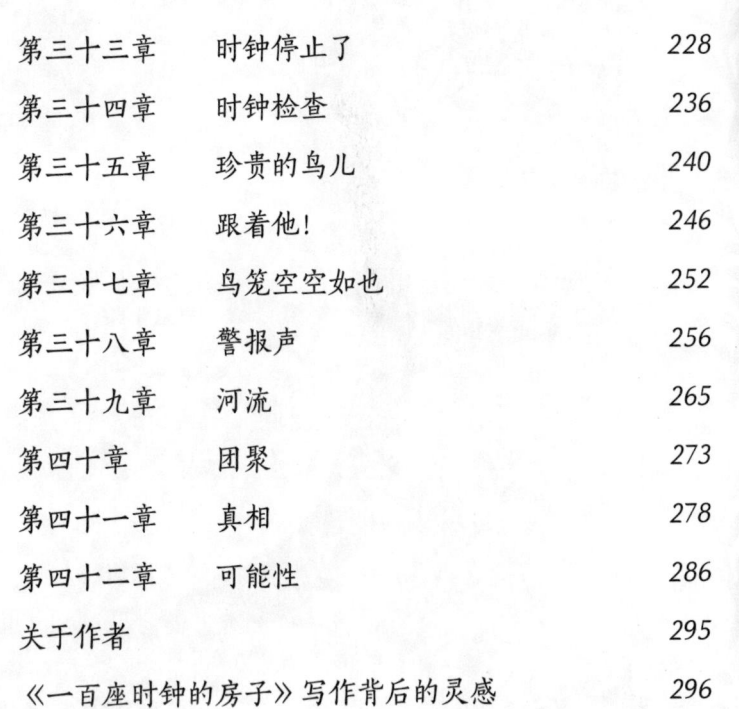

关于作者　　　　　　　　　　　　　　　295

《一百座时钟的房子》写作背后的灵感　　296

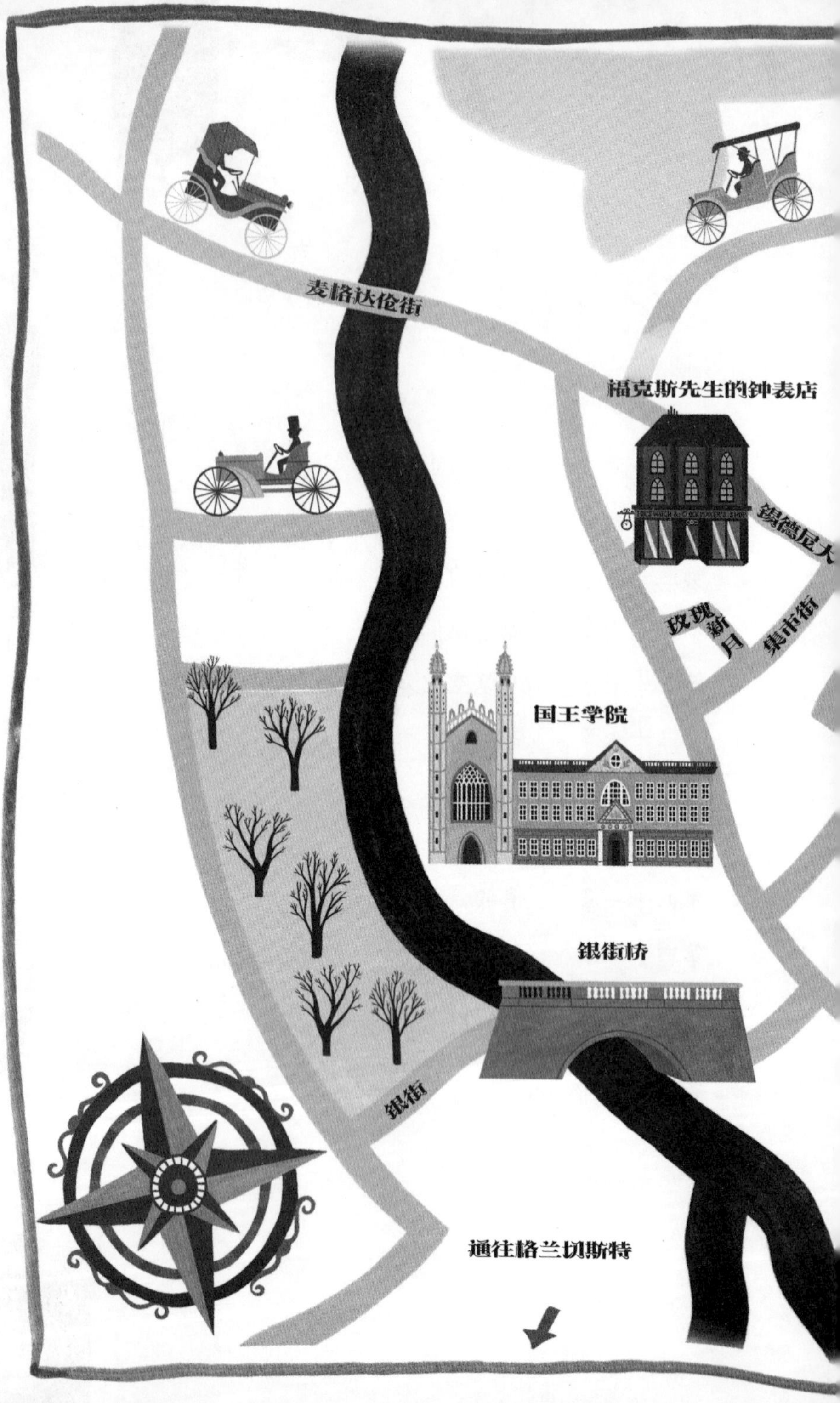
麦格达伦街
福克斯先生的钟表店
锡德尼大
玫瑰新月
集市街
国王学院
银街桥
银街
通往格兰切斯特

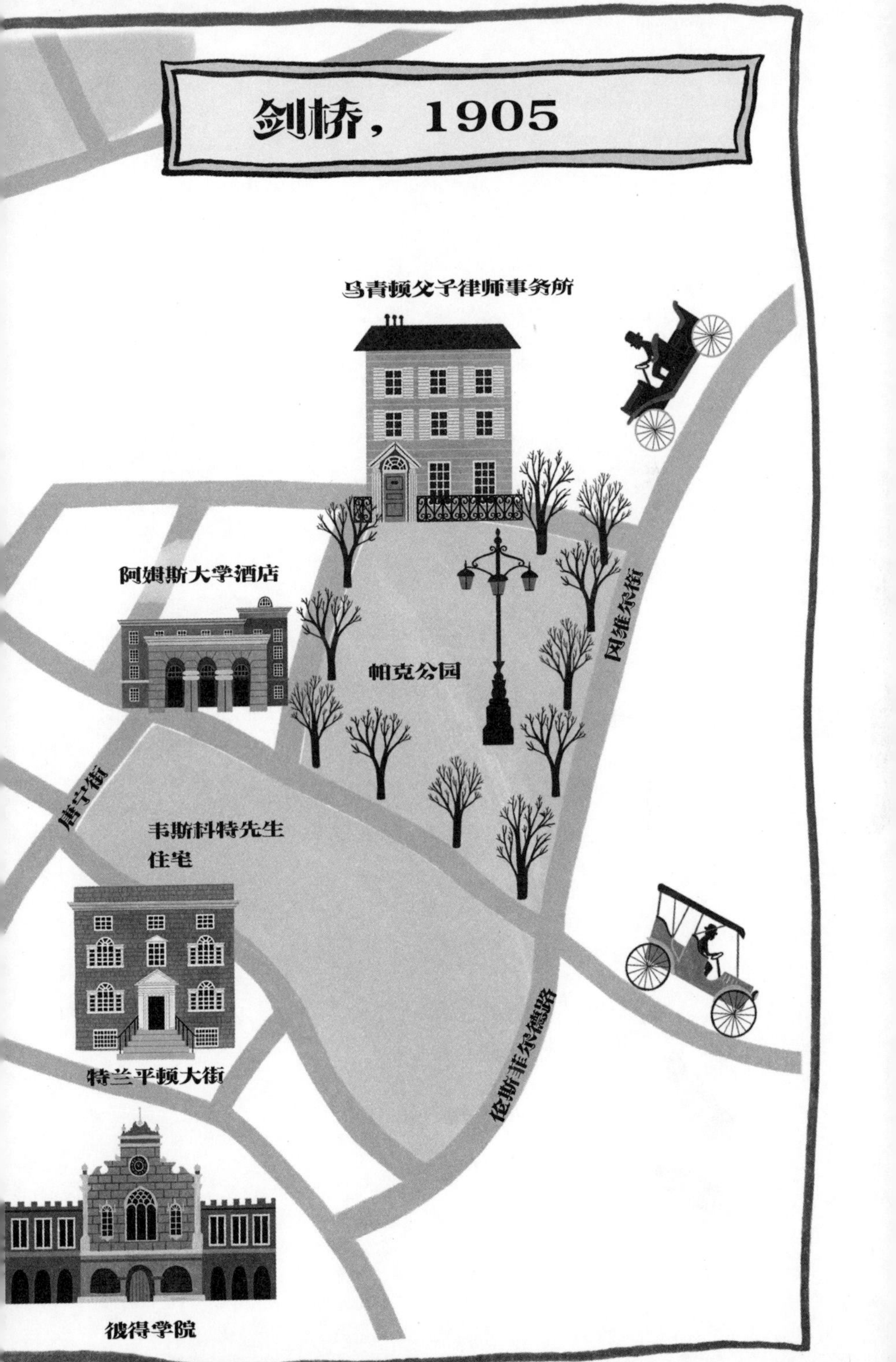

剑桥，1905

第一章

合约

　　海伦娜紧紧抓着那个放在她大腿上的圆顶鸟笼,拽得指头都酸了。韦斯科特先生带着一种古怪的心思盯着鸟笼,她后颈不禁一颤。他瘦骨嶙峋的身体探过桌子,眼睛微眯着说道:"你可没在接受信上说,你还带了一只……一只鸟。"他紧绷着蜡黄的脸颊,先扫了一眼海伦娜的父亲,然后又看了看海伦娜。

　　韦斯科特先生的姐姐站在他身旁,穿着一身桃色的高腰真丝连衣裙,戴着手套的手轻轻放在他的椅背上。他们有着相同的蓝宝石似的小眼睛,只是韦斯科特小姐在看着海伦娜的时候眼睛还微微笑着,韦斯科特先生却完全没有。

　　海伦娜瞥到她父亲的时候汗毛都竖起来了,她的父亲正笔直地坐在椅子上，肩膀紧绷着。

"杰克和吉尔爬上一座山。一桶水。叽叽！"

韦斯科特先生对着那只鸟皱起了眉头。

"嘘！"海伦娜动了动嘴唇，一只手指穿过鸟笼的黄铜栏杆，轻轻地抚摸着鹦鹉闪着蓝绿色光泽的尾羽。韦斯科特先生管她母亲的鹦鹉叫"那只鸟"，其实它不是一只普通的老鸟。奥比特是一只青绿顶亚马逊鹦鹉。让韦斯科特先生知道这一点很重要，但是海伦娜觉得，现在可不是给他上一节异域物种课的合适时机。

韦斯科特小姐的眼睛闪烁着。"这可真是一只有趣的鹦鹉。"她用抑扬顿挫的嗓音笑着说道。

海伦娜本来发紧的胃稍微好了一点儿，她回了韦斯科特小姐一个同样温暖的笑容。在这间书房里的木镶板、文件和书籍之间，韦斯科特小姐的笑容显得格外明亮。当她盯着海伦娜看的时候，海伦娜觉得自己应该穿上那件最好看的镶着蓝色真丝纽扣的海军蓝外套。海伦娜拽了拽身上这件米白色的棉布夹克的袖子，很明显，它已经短了。海伦娜的父亲说过，这件外套适合六月在剑桥的时候穿，结果这年六月挺冷的，未如人意。

第一章 合约

"实在是抱歉，韦斯科特先生和韦斯科特小姐。"海伦娜的父亲一边说，一边用眼神向海伦娜示意——让那只鹦鹉安静点儿，否则……他扯了扯下巴上剃到短得几乎没有的胡楂，"时间确实非常紧张，你在信里面写到，你们非常需要一个守钟人和钟表维护师。无论我的女儿海伦娜去哪儿，她都会带着她的鹦鹉。"

韦斯科特先生站了起来，转过身去，面对着一扇大大的窗户，从窗户向外望去可以看到特兰平顿大街，再往远处，则是一所大学学院带围栏的花园，里面鲜花盛开，如同一条五彩缤纷的挂毯。他抱着胳膊，轻哼一声。窗外嘈杂的声音透过玻璃长驱直入：一辆马车经过的隆隆声，孩子们咚咚的脚步声和嬉笑声，自行车铃的丁零丁零声。海伦娜闭上眼睛，也许仅仅只是一瞬——可这已经足够让她想象自己置身于外面新鲜的空气中，从这个让人压抑的木制房间里走出去，这里的一切都满是灰尘又沉闷不堪。

"噢，亲爱的弟弟，"韦斯科特小姐轻声说道，"你觉得，一只鹦鹉会带来什么危害吗？"

"我可不像你……那么喜欢那些鸟儿，凯瑟琳。"韦斯科特先生转过身来，瞪了她一眼。他说话的语气暗示着，他的话对他姐姐来说有着不同的意义。他停顿了一下。"好吧,"他简短地说,"但是这只鸟必须待在笼子里,不可以在屋子里到处乱飞,不然它会弄坏那些钟表的。"他的脸在父女俩到的时候就没有什么血色,现在皮肤更是苍白到几乎透明,就像一个吸血鬼,或者一只什么夜行动物一样。

海伦娜皱了皱眉。韦斯科特先生好像不太喜欢鸟,至少他的姐姐比他要温和一些。奥比特四年前来到他们家的情形一下子浮现在她的脑海里。从学校回家的路上有一家宠物店,她和母亲总是路过那儿。宠物店的鸟舍里有一只喜欢叫个不停的鹦鹉,母亲非常喜欢,于是父亲非常痛快地花了一个多月的薪水,给她买了那只鹦鹉当作生日礼物。宠物店店主一直向母亲推荐另一只看起来更漂亮(当然也更贵)的、有着金黄色羽毛的鹦鹉,但是母亲完全不为所动。"谢谢你,先生。我不是因为这只鹦鹉长得好看才喜欢它,而是因为它的嗓音和性格打动了我。我相信它会完美地融入我们这个小家庭。"母亲开心地笑着说道。她说得很对。

"我的鹦鹉叫奥比特。"海伦娜说。她甚至都没来得及意识到自己有这样的想法,这些话就从她的嘴里蹦了出去。母亲过去常说这是她最可爱(也最麻烦)的特点之一——她说话

第一章 合约

总是不考虑后果。韦斯科特先生微微眯缝着的眼睛，似乎表示他并不喜欢她这样。海伦娜缩进椅子里，木质的雕花抵着她的背。

"对一只鸟来说，这可真是个有趣的名字。"凯瑟琳·韦斯科特小姐一边说，一边又冲着海伦娜灿烂地笑着，"我很乐意你能向奥比特介绍介绍我……当然，是在合适的时候。"她瞥了一眼她的弟弟。

突然，韦斯科特先生桌上的一座银色旅行钟丁零零地响了起来，表示整点一刻了。海伦娜觉得，这声音好像是一道瀑布在温柔地流淌。从其他的房间里，透过层层木墙，也开始传来叮叮咚咚的响声。有的高亢，有的低沉，有的如银铃般清亮，有的尖锐。奥比特突然在笼子里尖叫着，瞳孔也放大了。海伦娜咽了咽口水，把手中的笼子抓得更紧了。韦斯科特先生到底有多少座时钟？

"海伦娜，这个守钟人的职位薪水可是很高的。"一个礼拜前，她父亲曾经说过，谈到这个时，他的眼睛甚至有些放光。"另外还提供食宿，所以我们赚来的每一个英镑和先令都可以省下来，为了以后建造一个属于我们自己的钟表工坊。而且，人家都说剑桥是一个非常漂亮的小城。我觉得去一个新的地方对我们来说可能是一个很好的选择。"

"可是我就想待在伦敦。"海伦娜说着,目光一直在他们这座郊区排屋的小客厅里巡视,然后停在了他们一家三口的画像上。这幅画像是在两年前的1903年画的,那时候,海伦娜才十岁。母亲的圆脸透着玫瑰花蕾般的健康光泽,没有任何迹象显示那个可怕的疾病会侵入他们的家庭,然后带走了母亲。"我们所有的东西都在这儿。妈妈所有的东西也都在这儿。"

"砰!去追黄鼠狼(儿歌)。妈妈,妈妈,妈妈。"奥比特叫了起来,沿着扶手椅的椅背走到海伦娜的肩上。它用尖尖的鸟喙轻轻蹭了蹭海伦娜的头发,拽起来几根栗棕色的发丝,让海伦娜感到头皮有一点儿痛。她把奥比特抱下来,放在自己的大腿上。这只鸟儿还想着母亲,但母亲已经离开快十二个月了。

"只要韦斯科特先生还需要我的帮助,我就会在这个职位上尽心尽力,我想这也不会是一件很长久的事。当我们回来时,我们的房子和其他所有东西都还会在这儿。"父亲说得很坚决,就像他在夜里拉上窗帘那样果断地结束了这场对话,海伦娜知道,已经没有讨论的余地了。

当韦斯科特先生闪烁的目光在她和奥比特身上扫视时,

第一章 合约

海伦娜的内心对于他们将无期限留在这儿这件事重新生出了一种不安。

"你清楚这份合约的条款吧，格雷厄姆先生？"韦斯科特先生问道，他的喉结在枯瘦的脖颈处耸动了一下，"你在来这儿之前应该已经收到合约了。"

海伦娜吸了一下鼻子：韦斯科特先生说的"条款"是什么意思？

"是的。"海伦娜的父亲回答道，他的两道眉毛都要拧到一起去了。他看了一眼海伦娜，又咽了一下口水。

韦斯科特先生打开一个文件夹，抽出一张硬挺挺的纸，隔着宽大的桌子滑了过去。纸张滑过一部带木质听筒、刻有花纹的黄铜电话，海伦娜看见父亲几次打量着那部电话。她意识到，韦斯科特先生一定是一个相当富有的人，因为她之前从未见过有谁可以在自己的家里拥有一部电话。父亲的手指在这份合约的边缘徘徊着，仿佛不愿意松开。

海伦娜俯身过去，想看得更清楚一些。乳白色的羊皮纸上写满了小小的花体字：

所有财产……

签字让与……

损坏……

如果任何一座钟停摆……

海伦娜深吸了一口气。

韦斯科特先生和他的姐姐正盯着她看。

她的父亲忽略了她，径直拿起笔，蘸了蘸黑墨水，在合约最下面签上了自己的名字。

"我的这些钟表藏品必须精心维护，无论什么时候，它们都得保持正常工作。"韦斯科特先生说道。

海伦娜盯着韦斯科特先生，而他正目不转睛地看着那幅因为年代久远而显得有些暗沉的全家福，画上一男一女和两个孩子，站在一座巨大的落地式大摆钟旁边。他吸了吸鼻子，用一根手指蹭了一下鼻子下方："每座钟都不可以停摆——任何时候都不行。你意识到它们停摆的后果了吗？"

"爸爸？"海伦娜小声喊道。她的声音太细小了，就像一个会溜进地板缝隙间的小小物件。房间里有一种不可言说的气氛，让她觉得更冷了。

第一章 合约

"爸爸,爸爸。三只瞎老鼠。"奥比特叫道。

"我不明白,"海伦娜说,放在她大腿上的金属鸟笼,一下子变得像铅块一样沉重,"为什么所有的钟都不可以停摆?"

"别问了,海伦娜。"她的父亲一边坚定地说道,一边把签好的合同从桌子上滑到韦斯科特先生面前。

"噢,小姑娘,你不用担心。"凯瑟琳·韦斯科特说道。海伦娜这会儿才注意到,她用白色的插梳别住一头缎子般光滑的深色头发,插梳上面点缀着好多细碎的淡蓝色的羽毛。

海伦娜的父亲清了清嗓子,转过头来看着她:"给这些钟表上发条是我的工作,我会确保让它们一直走动,保持良好的工作状态。如果任何一座钟停摆或者被损坏……我们会交出所有家当作为赔偿。"

海伦娜的喉头紧得拧成了一个结。

"偷笑,偷笑,偷笑。"奥比特轻快地叫着,上下摆头。

"如果这里的任何一座钟停摆,或者坏掉了,我们就得放弃所有的东西?"海伦娜的呼吸有些急促,她努力地想要多吸一些空气到肺里,"可是为什么?"

"时钟,时钟,时钟。嘀嘀嗒,嘀嘀嗒。"奥比特尖声叫着。

海伦娜的父亲向韦斯科特姐弟投去了求助的目光。

但是韦斯科特先生和他的姐姐似乎都不打算帮他。或者他们也想帮他，只是这会儿正好不在状态，没法儿帮他。

海伦娜恳求似的望着凯瑟琳·韦斯科特。

"是的。"凯瑟琳·韦斯科特终于开口了，捡起桌上那份签好的合约。淡淡的红晕悄悄爬上了她的脸颊，"这份合约……的确是有一点儿威胁的意思。这样我弟弟便能确保他聘请的每一位守钟人都可以完全满足职位的要求，不让任何一座钟停摆。"她停了一下，把目光投向了海伦娜的父亲。"对了，格雷厄姆先生，我们之间的协议必须保密。还有，你们可能会在这幢房子里经历一些意料之外的事情。你跟海伦娜看到或者听到的任何事情，都不可以告诉任何人，你们之间也不可以讨论。"凯瑟琳·韦斯科特把合同紧抱在胸前，"如果你们没有做到，那么将触发合同中的条款，你们将会失去所有的东西。"她有些抱歉地看着海伦娜和她父亲。

韦斯科特先生的下巴紧绷着，抬头看了看他姐姐，又望向了别处。

海伦娜眨了眨眼睛，强迫自己把刚刚听到的那些字在脑海里组成某种顺序。但它们还是到处乱窜，显得毫无意义。她的问题也一直飘荡着，没有答案。

第一章 合约

韦斯科特先生一直盯着奥比特金色的鸟笼，眼中闪过一丝奇异又灼热的光。

海伦娜紧紧环抱着她的鸟笼，一棵不安的小树悄悄在她的胃里发芽。她被迫离开他们在伦敦郊区那温暖又美好的家，来到这幢既奇怪又沉闷的房子里。现在呢？只要一座钟停摆，他们就会失去所有的东西，甚至连那个完全不可替代的、异常珍贵的、海伦娜愿意不惜一切代价保护的东西也不例外。更奇怪的是，屋子里所发生的一切事情都不能提起……所以，父亲到底答应了什么呀？

第二章

斯坦利·理查德

"对于合约里的这些条款,我很抱歉。"韦斯科特小姐说道,她让他们叫她凯瑟琳。她领着海伦娜和她的父亲离开韦斯科特先生的书房,海伦娜听到背后传来锁门的声音。"自从八个月前,我弟弟的妻子离家之后,他就深受其扰。"她用一只手捂住喉咙,仿佛说出这件事令她无比痛苦,"他对这些钟用情至深,甚至……超过任何一切。"她停顿了一下,悲伤地摇了摇头。很快,她调整了一下自己的表情,看上去变得稍微高兴一点儿,她拉了一下墙上的铃索。

海伦娜听到铃声从远处传来,接着是上楼梯的脚步声。

"斯坦利会带你们去房间,"凯瑟琳说,"并给你们介绍房子里的各项规矩。"她从那个小巧的钱包里掏出一块前盖镶嵌着珐琅的怀表,打开看了一眼,然后皱了皱眉,"我还有一个约会,恐怕得离开了。但是我每晚都会来检查这些钟的。"她收好怀表,弯下身子,看着海伦娜的眼睛。她身上香水的味道,如云雾般缭绕,让人陶醉,让海伦娜觉得自己仿佛正在一处鲜花盛开的园子里漫步。"海伦娜,我十分期待下次可以真正认识一下你可爱的鹦鹉。"她说。

海伦娜努力给她一个大大的微笑,说道:"我也十分期待。"

凯瑟琳只点了点头,就裙摆飘飘地匆匆走出了屋子。有那么一瞬间,海伦娜竟然想跟上去。今天早些时候,当海伦娜和父亲坐的火车一路从伦敦轰隆驶过地势更低的东安格利亚地区乡村时,她曾经追问过父亲更多关于韦斯科特先生以及他们即将要留下来的这幢房子的细节。

"韦斯科特先生是英格兰东部最富有的人之一。他的家族通过投资报刊印刷积累了不少财富。据说,他拥有全剑桥最豪华的住宅,在我为他守钟期间,我们会像他的客人一样待在那里。"她父亲说道,钟表匠的工具箱在他的膝盖上颤动着。父亲不想把它放到头顶的行李架上,生怕把它摔坏了。

"他有妻子吗?孩子呢?"海伦娜问,期待着在那儿至少有人可以成为她的朋友。

"这个他可没提过,"父亲说,"他倒是有个姐姐——凯瑟琳,她可是最在意他幸福的人,希望他收藏的所有时钟都能正常工作。她从伦敦过来,但住在别的地方。所有人都说韦斯科特先生是一个注重隐私的人。"

海伦娜的心情稍微好了一点儿。虽然可能没有同龄人一起玩耍,但是住在一幢装潢精致的剑桥房子里,吃着美味的食物,也不会太糟糕。夏日伊始,伦敦就一直湿漉漉的,只要出门就得穿上雨衣,客厅里也得整夜生火。海伦娜希望剑桥的阳光和鸟鸣可以融化掉袭人的寒气。在父亲照看那些时钟的间隙,她想象着可以跟父亲一起去荒芜的河畔散步,看那些蜻蜓飞来飞去,或者,花很长时间喝一顿下午茶,吃掉塞满果酱的蛋糕,看那些划船的人和学生们嬉笑打闹。也许父亲的确需要这样一个改变,这会让他回想起他们一家三口在还没有遭遇到如此大的变故之前一起做过的那些事情。在那次变故之后,他每天总是长时间地待在自己的钟表工坊里,逃避着现实。

但是,当海伦娜真正明白她父亲签下的这些条款时,所有那些关于鸟鸣、关于绿野、关于探索一座新的小城的幻想就全部被打碎了。他怎么能答应这样的要求——如果任意一座钟停摆，他们所有的财产就会被夺走？还有，父亲到底要负责多少座钟？她四处张望了一下，仅仅在门厅里，就有不止十二座钟。

凯瑟琳走了，门被紧紧地关上。一个敦实的小伙子迈着又快又沉的步子朝门厅走了过来，他看上去可能还不到十八岁，穿着一身粗花呢的西服。他笑起来脸颊鼓鼓的，像圆圆的苹果。当他看到海伦娜脚边笼子里的奥比特时，眼睛都睁大了："多么漂亮的鹦鹉，是雄的还是雌的？"

"雄鹦鹉。"海伦娜小声回答，"至少我们觉得是，因为鹦鹉有的时候很难分辨雌雄。"

"它会说话吗？"年轻人问道。

"当然，它可以的。"海伦娜的肩膀放松了一点儿。

"嘀嘀——嗒嗒——"奥比特叫了起来。

"太棒了！"年轻人高兴地说，"啊，我应该介绍一下我自己。我叫斯坦利·理查德，叫我斯坦利就好了。我是为韦斯科特家族工作的。"他伸出手来。

海伦娜盯着他的手，心想，他是希望我跟他握手吗？可是他没有戴手套，而且手指尖上还沾有一点儿墨迹和看上去像粉笔灰的东西。有时候，海伦娜会陪着父亲一起去伦敦很时髦的富人区，比如切尔西或者肯辛顿，上门给人保养那些名贵的钟表。那里的仆人都穿着黑色的西装、戴着白色的手套，你需要将名片放到一个银质的托盘里，告知你的到来。你从来不需要和仆人握手，并直呼他们的名字。斯坦利期待地望着她，给了她一个灿烂的微笑，海伦娜也报以微笑。也许在剑桥，一切都不太一样。她伸出手，斯坦利紧紧地握了一下，在她的手上留下了一点儿白色的粉末。

"你一定就是格雷厄姆先生了。"斯坦利转头望着海伦娜的父亲说道，"欢迎来到韦斯科特先生的家。"

海伦娜四处打量着这个宽敞的门厅，把手在衣服上擦了擦。这看起来实在不像是一个家：没有真丝覆面的华丽的椅子，没有插着散发出甜美香气花朵的高花瓶，也没有厚地毯。壁炉里也没有舒适的炉火噼噼啪啪带走夜晚的凉意。没有一样东西让这栋建筑看起来像一个真正的家。

宽阔的门厅里，两面墙分别排列着六座深色的木质落地大摆钟。这些钟都特别高，顶部的装饰都快碰到天花板上了。钟摆在那个小小的、圆圆的透镜观察窗里有节奏地摇摆着，就像有个人在挥手一样。走廊的尽头，在那个冷冰冰又宽大的

第二章 斯坦利·理查德

壁炉前面摆着一张桌子，桌子上有一座四层的纯金宝塔钟，海伦娜觉得那像一个婚礼蛋糕。它发出频率极高的嗒嗒嗒的声音，海伦娜听了有点儿喘不过气来。这张桌子的左边和右边分别有一张小一点儿的桌子，上面堆着各种更小的银质和金质的旅行钟。海伦娜盯着墙上幽灵般的印迹有些恍惚，那里曾经挂过一些画，时钟嘀嘀嗒嗒、叮叮当当的声音环绕左右。父亲带她来的似乎不是一所豪华的宅子，而是一座挤满了各种钟表的博物馆。

海伦娜提起奥比特的笼子，紧紧抱在胸前，斯坦利拿着他们的旅行箱，领他们上了楼梯。她绷着下巴，盯着斯坦利黑色皮鞋的后跟看，眼睛有些酸涨。父亲怎么能答应来这儿工作，而且都不知道什么时候可以回伦敦？韦斯科特先生用蛇一样的眼睛盯着奥比特的时候，她的腿从上到下都在颤抖。还有，他的那份合约！他的姐姐似乎对这个约定一点儿也不觉得奇怪，可能是她也没什么办法劝他改变吧。

"这些钟表藏品真是太精美了。"海伦娜的父亲一边上楼一边自言自语。

斯坦利在二楼的楼梯平台停了下来，龇牙咧嘴地挪动他们沉重的行李。"是的，格雷厄姆先生。我想这里可能有大约一百座钟吧。落地摆钟、旅行钟、骨架钟,这还没算上那些怀表呢。"

"时钟,时钟,时钟。"奥比特尖声叫着。

"上一位守钟人为什么要离开?"她的父亲问道,"我在给韦斯科特先生的信里提到了这个问题,可是他没有回答我。"

"恐怕韦斯科特先生不会允许我讨论这些问题。"斯坦利耸耸肩,回答道。

海伦娜的父亲冲斯坦利笑了笑:"好吧,那你赶紧带我们去房间吧,这样我就可以尽快开始工作了。"

"什么,今天晚上吗?"海伦娜不禁大叫。已经下午六点了,她只想吃些东西(当然也给奥比特一些水果),然后睡个好觉。

"当然,海伦娜,我们没有时间可以浪费。我要给这些钟表做一个目录,检查它们的状况,看看哪些需要上发条。"父亲说道。

"当然,格雷厄姆先生。"斯坦利继续沿着华丽的楼梯往上走,楼梯的木质扶手上雕刻着繁复精致的藤蔓。他停顿了一下,抛给父女俩一个灿烂的笑容,"我必须说,你们二位能在这儿,我实在是太高兴了。"

斯坦利的友好欢迎让海伦娜硬生生收回了一个小小的笑

容，她有点儿烦自己的嘴角怎么就在这种时候上扬了呢？这一点儿也不好。实际上，这是最糟的一天。海伦娜迫不及待地想跟父亲单独待在一起，这样就能让父亲更清楚她的想法了。

斯坦利抬头看了看一座巨大的落地式摆钟，它正发出低沉的嘀嗒声。"哎呀，"他叹了一口气，砰的一声把箱子放在地板上，"准备好了吗，这座钟马上就要报时了。"

海伦娜和她的父亲迅速交换了一个眼神。

他们看到斯坦利冲他们俩做了一个抱歉的鬼脸，并用手把耳朵紧紧捂住了。

海伦娜又偷偷瞟了一眼父亲，他皱着眉头，似乎也跟海伦娜一样困惑。这座房子里所有的事情都迅速地变得越来越古怪了。

第三章

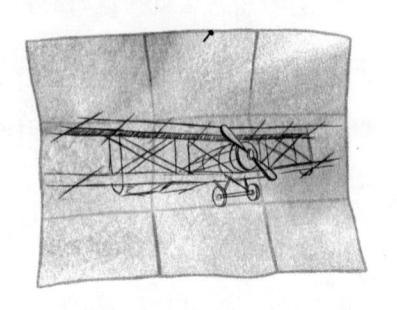

飞行器

第一声巨响是他们身边的那座钟发出来的。奥比特一边尖叫，一边扇着翅膀撞击着笼子。

第二声、第三声和第四声巨响声像烟雾一样从后面飘上楼梯。

第五声和第六声既急促又尖厉，是从楼上传来的。

紧接着是数不清的巨响。

低沉的敲击声和高亢、清脆的报时声。

布谷鸟钟在啁啾。

叮叮咚咚的音乐声，就像是父亲在某个圣诞节为海伦娜制作的发条式音乐盒。

斯坦利还是用手紧紧捂着耳朵，眼睛也紧紧地闭着，看上去就像噪声让他十分痛苦似的。

海伦娜的父亲微张着嘴，微微侧着头，仿佛在逐一检查其中那些不和谐的声音。"它们不是全都在同一时间敲响的，"他在一片嘈杂声中说道，"这必须马上去调整。"

奥比特趔趄着从笼子这一头走到那一头。"叮——咚——嘀——嗒，钟，"它喊道，明亮的小眼睛睁得大大的，盛满了恐惧，"妈妈，妈妈，妈妈！"

"嘘。没事，奥比特。"海伦娜安慰道，尽管她自己也觉得不太好。

最后一声"咚"的巨响是从楼上传来的，比其他所有的钟声都要深沉和响亮，好像在说"够了"。

斯坦利睁开眼睛，叹了口气。然后，就好像什么奇怪的事情都没有发生过一样，他再次把他们的行李夹在胳膊下，朝三楼和四楼走去，并示意海伦娜和她的父亲跟上。

"好吧。"海伦娜的父亲说。他眼神明亮，脸颊微红，手里紧握着他的工具箱。

海伦娜对父亲的这个表情了然于心。当她放学回到父亲和另外两个人共用的钟表工坊时，父亲脸上经常挂着这个表情。他低头看着一只金怀表或者一座优雅的黄铜旅行钟。"你看到这个了吗,海伦娜?"他会说,"这是一个人可以拥有的最精巧的钟表了。你看看这些弹簧,看看这瓷面盘,还有它计时的方式。我们能想象和发明出来这样的东西真是太棒了!"海伦娜通常会微笑一下,然后等着父亲完成手上的工作,同时一直在努力回忆上一次父亲如此深情地与她谈论是什么时候了。

这幢房子的顶层,有一个小小的楼梯平台,通向左右两边的走廊。这里的光线有些昏暗,窗户也更小,墙壁上没有贴壁纸,而是刷了一层漆,木质的踢脚板已经斑驳。

"沿着这条走廊往左,就是韦斯科特先生的房间,"斯坦利说,"你们的房间在右边。"

"韦斯科特先生住在……仆人间?"海伦娜的父亲显得有些惊讶。

斯坦利耸了耸肩,说:"其他所有的房间都放满了钟表。"

"所有的房间?"海伦娜说,她瞪大了眼睛。

"每,一,间。"斯坦利重重地叹了一口气。

楼梯平台上有一扇窗户正开着,一缕清风在海伦娜的脖子上萦绕。有一点儿杂音,像是纸张在风中震颤发出来的,轻轻地挠着她的耳朵。斯坦利和她的父亲似乎都没有听到,因为他们正一边沿着右边的走廊往前走,一边讨论着用餐时间和管理房子的事情。海伦娜朝着声音来的方向看了一眼,好像是从另一条走廊的入口处头顶上方的墙那边传来的。

那是一幅画,但是因为离得太远,她没法儿看到上面画了什么。于是她放下奥比特的笼子,迅速穿过楼梯平台,踮起脚去看墙上挂着的那幅画。线条,角度,翅膀。那是一幅精细的铅笔画,画着一架飞行器。她用手指沿着翅膀的线条移动,突然想起她在《伦敦先驱报》上看过的莱特兄弟制造的机器的照片。这幅画,跟那张照片几乎一模一样。

一只修长的手从海伦娜的头顶伸了过去,把那幅画从墙上揭了下来。图钉掉落到地板上。斯坦利眯缝着眼看了看那幅画,然后小心地把它折了三折,放进他夹克的口袋里。

"十分抱歉。"海伦娜说,她的脸有一点儿发热,"它就钉在墙上,所以我就有点儿好奇……"

"好奇是好事。"斯坦利轻轻地说。

海伦娜茫然地看着他。他到底是什么意思?

斯坦利掏出一条沾着点点墨迹的手帕,擦了擦额头。"我真的特别欢迎你跟你父亲的到来。"他正转身准备离开,又停下来,往后看了一眼,"如果你再看到墙上挂着其他画的话,麻烦告诉我,我会把它们取下来的。"

海伦娜还记得凯瑟琳曾经嘱咐过的,在这座房子里听到或看到的任何事情,都不可以提及。她要按照斯坦利说的去做吗?她眨了眨眼睛,头有点儿晕。数不胜数的敲响的时钟、新住处、钉在墙上的画。她突然觉得自己脱离了地面,就像坐在一架莱特兄弟制造的巨大飞行器里,踏上了一段未知的旅途,但是她一点儿都不喜欢。

第四章

问题

当海伦娜和父亲四处打量他们在这座宅子里仆人间的新住处时,她脑子里的想法就像玻璃弹珠那样滚来滚去。"你为什么会答应韦斯科特先生的那些要求呢?"海伦娜有些激动地问父亲,现在,只有他们两个人了。她的房间简单地布置了一下——一张铺着粉色床罩的单人床,一个带抽屉的衣柜紧挨着,还有一扇可以让人俯瞰特兰平顿大街的窗户。从这里往下看,大学学院的景致更加让人惊叹,各式由浅黄色石头和红砖砌成的建筑散发出一种庄重的气息。

父亲打开了他的皮质行李箱,递给海伦娜一摞夏天的连衣裙、半身裙、衬衫(叠得皱巴巴的)和两件胳膊肘那儿打了补丁的旧羊毛开衫。

"我不明白,"海伦娜坚持问道,顺手把衣服随意地扔在床上,"为什么你要答应那个可怕的男人把我们所有的东西都作为赌注?那些钟为什么不能停?"

海伦娜的父亲抬起头,坚定地说道:"我们不该去质疑别人的决定。"

"但我们有可能失去所有的东西呀。"海伦娜说道,愤怒让她的嗓音有些颤抖,"你注意到韦斯科特先生看奥比特的眼神了吗?他就像……一头狮子,准备扑向一匹斑马!如果任何一座钟停摆了,他会把奥比特带走的!"

父亲坐下,哈哈大笑起来:"亲爱的宝贝,别担心了。奥比特绝对安全,我们其他的东西也一样。韦斯科特先生如果不是全国最富有的人之一,那就是这个地区最富有的人之一了。只要他想,他就能买一千只鹦鹉。海伦娜,这对我们来说是一次机会,也许能让我们的生活继续向前。"

海伦娜垂下眼睛,盯着地板。她知道他们必须往前走。但是,这种从过去当中走出来的行为似乎也意味着过去即将被遗忘。

"这个关于守钟的合约很不同寻常,我几乎可以肯定地

第四章 问题

说，如果让律师来检查一遍的话，它一定是无效的。其实我们没必要花大钱请律师来检查，因为只要我认真工作，这些钟表就不会停摆。你别担心了。"父亲一边说，一边从行李箱里掏出最后一件海伦娜的衣服，然后把箱子合上。

海伦娜坐在床沿上，揪着一根从床罩上脱落的线。

"杰克和吉尔。一桶水。叽叽！"奥比特啄着笼子上的栏杆叫道。

海伦娜的父亲走到床边，挨着她坐了下来。"我知道韦斯科特先生看上去有点儿……有点儿古怪，而且他的一些想法也有点儿特别。你真的不用担心。我们肯定可以让这些时钟都老老实实工作，当我们离开时还可以赚一笔钱。海伦娜，这将改变我们的生活……想象一下，有一天，我们会拥有一家自己的钟表工坊。"他咧开嘴笑着说道，"我的好朋友史密斯先生说会帮我在城里物色一处合适的房产，他自己就在克拉肯韦尔有一家钟表工厂。等回到伦敦的时候，我们就可以有一个全新的开始了。"

"可是韦斯科特先生为什么要收集所有的这些钟表呢？而且他竟然住在仆人间——这看上去不是有些不正常吗？"

她的父亲叹了一口气，说道："好了，海伦娜，不可以再问了。我们在这儿的时候不可以如此唐突无理,这很重要。明天早上你可要帮帮我。韦斯科特先生的藏品比我想象的要多,所以我觉得可能需要一些帮助。落地式大摆钟每八天需要上一次发条,而那些小一些的钟表几乎每天都需要检查。我们需要一张详细的清单来记录什么时候应该干什么。"就像一盆冷水泼到了灼灼燃烧的火焰上,海伦娜和父亲的这次聊天突然终止了。

海伦娜的父亲把空箱子放到她的床下,就回自己房间去拿笔记本和工具了。"晚饭之前,我必须检查完至少一个房间的钟表,看看接下来我们的工作都会涉及哪些方面。"他心不在焉,连一声"再见"都没说,就转身关上了门。

"嘀嗒——嘀嗒——时钟。"奥比特轻声叫着,低下头去叼了一颗放在黄铜盘里的葵花子,然后一点点吃了下去。

海伦娜把一根手指伸进笼子里,轻轻地抚摸着它蓝绿色的尾羽。

"妈妈——妈妈——妈妈。"奥比特喊着(这也是海伦娜有点儿想听到的)。

海伦娜咬着自己的下嘴唇,看了一眼房门。她听见父亲噔噔的脚步声,他从楼梯平台下去了。"妈妈爱海伦娜,妈妈

第四章 问题

爱海伦娜。"她悄声对鹦鹉说道。奥比特盯着她看了一会儿，竖起了脖子上的羽毛。"妈妈爱海伦娜，妈妈爱海伦娜。"她又轻柔地重复了几遍。

"妈妈——爱——海伦娜——妈妈——爱——海伦娜，嘀嗒——嘀嗒——呱呱！"奥比特回应道，并适时地随着海伦娜教它的这句话摇摆着身体。

它的声音如一支利箭般射中了海伦娜的胸膛，泪水在她的眼眶里弥漫开来。她知道自己蠢死了，引导奥比特重复母亲曾经花了好几个小时精心教它说的话，就像捅着未愈合的伤口一样。她不能让奥比特忘记这些。每次奥比特开口，都能把海伦娜带回往昔的时光里：鹦鹉在客厅里的那把安乐椅的扶手上站得笔直，母亲正面带笑容地逗引着她的鸟儿，教它说话或者唱童谣。"有时候，我甚至觉得这只漂亮的鹦鹉就是我身体的一部分。"母亲会温柔地说道，并喂给奥比特几片苹果，而奥比特总是轻轻地蹭着母亲的手掌。

海伦娜跪坐着，用手揉了揉酸涨的眼睛。她很努力地想继续前行，正如父亲正设法做到的那样。但是，她害怕奥比特忘记母亲教给它的一切，又怎么能完全投入新生活呢？这意味着再一次失去母亲，对海伦娜来说，这太难以承受了。

傍晚，刚过六点半，海伦娜就用那块棕色和绿色布料拼接而成的遮光布把奥比特的笼子给罩了起来（母亲在缝制这块遮光布的时候说过，这是为了让奥比特不要忘记站在树梢的感觉），然后走回楼下。一缕盘旋而上的香味让她的肚子不禁咕咕叫了起来。她停下来，吸吸鼻子。一种很新鲜又清淡的味道，看来至少韦斯科特先生还请了一个不错的厨子，让他们在这儿的日子没那么难熬。她在三楼停下了脚步，四处打量着每一扇半敞着的门。斯坦利一点儿也没夸张，宅子里每一个房间里真的都放满了时钟。她睁大眼睛看着这些房间，里面的家具都被搬空了，只剩下嘀嗒嘀嗒、叮咚叮咚、咔嗒咔嗒响着的各式时钟——灯笼钟（外形就像它的名字那样）、桌子上摆着的旅行钟（小小的，像一个盒子那样，顶部有一个可以提起来的把手）、骨架钟（它有一个圆顶玻璃罩，这样人们就可以看到它的齿轮、弹簧和运行部件）和座钟（它有着短短的钟摆，这样它就可以站立在平面上）。当然，一大批落地大摆钟让其他所有的钟都黯然失色，从数量上来看，这似乎是韦斯科特先生最喜欢的时钟类型。这些落地大摆钟如同兀自矗立的高塔，长长的钟摆在箱子里来回摇摆着，钟罩裹住了

第四章 问题

钟面。

海伦娜走进一个贴着紫藤花纹墙纸的房间,里面摆放着八座落地大摆钟。她觉得这个房间以前肯定是卧室,而且从摆设上来看,还是一间非常精致的卧室。海伦娜在每一座钟前驻足,它们深色的木质外壳被精心打磨过,极富光泽。显然,至少从外表来看,这些座钟都有人在用心打理。钟摆都在以不同的节奏摆动着,各自发出的嘀嗒声交织在一起,变成了一片混乱的噪声。房间里最大的那座钟,钟面是极其普通的黄铜钟面,上面却有一个拱形的表盘,可以通过旋转来显示月相。印在表盘上的月亮,并不像天上的月亮,而是十分怪诞的孩子气的脸孔。两只小眼睛挨得很近,脸蛋红红的,噘着玫瑰花蕾般的嘴唇。同样的脸孔也印在了摆钟上,它在透镜窗里往复摆动,就像在玩一个奇怪的躲猫猫游戏。看起来既让人害怕,又让人昏昏沉沉。海伦娜不禁打了个冷战。韦斯科特先生为什么要在房间里摆满这些机械装置?她对这种痴迷并不陌生。父亲就是这样热爱他的工作的,尤其是在她母亲去世以后,更是如此。海伦娜并没有生气,她只是觉得胃里有一团难以置信的东西沉甸甸地压着。她很清楚,比起自己有血有肉的亲人,韦斯科特先生更喜欢这些由木头和金属制成的东西。也许，这就是为什么父亲对韦斯科特先生的要求如此有共鸣吧？

"噢，你在这里。"父亲说道，他的脚步声在木地板上回荡着，"真是太棒了！你看这个钟，海伦娜。"他盯着最靠近门的那座钟说道，"这个钟十分稀有——它来自德国，可得花好大一笔钱才能买到。再看看边上这个吧——它两侧的木质外壳被换成玻璃的了，这样你就能看到这个钟是如何工作的。看看这些齿轮，再看看这个钟摆，看看它是如何调节重力的。"

海伦娜摇摇头，轻叹一声，听到这些细节，一种熟悉的厌倦感油然而生。她看到有一把椅子摆在门边，朝着房间里面。可能韦斯科特先生就是坐在那儿，欣赏他的那些钟表藏品的吧。

海伦娜往那两扇大窗户中的一扇走过去，发现外面有一群年轻的姑娘，穿着白纱连衣裙，坐着两轮双座马车，来到了大学学院的门口。她们的头发编成繁复的发辫，盘在头顶。

"爸爸，快看。"她喊道。

父亲凑了过来。"啊哈！"他会心一笑，这会儿他们看见姑娘们正一边笑着，一边整理着披肩，"我有一个制作钟表的朋友，他的父亲曾经在剑桥大学求学。他跟我讲过他们在五月狂欢周时那些疯狂的冒险。"

"五月狂欢周？可现在已经是六月了。"海伦娜皱了皱鼻子，说道。

"五月狂欢周标志着学生期末考试的结束，这可是一个庆祝的时刻。大学的各个学院——就像街对面那个，应该是彼得学院——会举行舞会，奢华的派对，一直持续到天亮。"父亲说道，"奇怪的是，五月狂欢周会在六月庆祝，至于为什么，我也不知道。"

"晚上好，海伦娜、格雷厄姆先生，"斯坦利站在门口，打断了他们的谈话，"晚餐已经准备好了。"

海伦娜微笑了一下。"谢谢你。"她一边说，一边用余光扫了一眼她的父亲，他已经被一座钟顶上带有闪闪发光的金色装饰物的时钟吸引了。

"你的鹦鹉呢？"斯坦利问道。

"在……我房间呢。"海伦娜回答道。

"它应该很孤单吧，把它带下楼跟我们一起吃饭吧。"斯坦利说。

海伦娜笑了笑："你确定吗？韦斯科特先生说它只能待在

笼子里。"

"你的鹦鹉在厨房里干不了什么坏事儿。"斯坦利咧嘴笑着说道。

海伦娜笑得更灿烂了。她赶紧飞奔上楼,打开卧室的门,停了一下,眨巴眨巴眼睛。罩在奥比特笼子上的遮光布已经被掀开了,叠得整整齐齐的放在她的枕头上。她慢慢地走近,一把抓起遮光布,警惕地环视着整个房间。其他的东西都没有被动过。她小小的银色怀表还躺在衣柜上,发出嘀嗒嘀嗒的声音。之前她随手扔在床上的衣服,还是乱糟糟的一团。

一阵敲击声从笼子里传来。海伦娜跪了下来,她的心跳得比平时更厉害些。奥比特正开心地啄着一个被绑在栏杆上的东西。海伦娜很确定,这个东西在她离开房间的时候还没有。

第五章

镜子

　　海伦娜打了个寒战，胳膊上的汗毛都竖起来了。她抓住奥比特的笼子，盯着那个用黄油色的丝带绑在上面的小小的椭圆形镜子。她把丝带解开了。那是一根非常光滑，看起来十分昂贵的丝带。镜子嵌着金边，放在海伦娜的手掌里正好的样子，就像它是专门为鸟笼设计的一样。她把镜子举到面前，恰好能看到疑惑从她淡褐色的双眸里流露出来。是谁把它放在这里的？她把镜子重新系好（奥比特还挺高兴的），一跃而起，大步走到门口，朝着走廊张望。墙上的电灯一闪一闪的，发出咝咝的声音，在地板上投下晃晃悠悠的影子。海伦娜家里还没有电灯，仍用煤油灯，可煤油灯老是在墙上和家具上留下黑黑的印记,母亲特别讨厌这一点。也许电并不像人们所宣称的那样,推动了现代社会的发展,因为她之前听过一个可怕的故事:在一户人家里,他们随手把一个垫子扔到了刚买的闪着火花的电灯上,结果垫子被点着了,之后整个房间都烧起来了。

"嘿!"海伦娜喊道,焦虑地瞥了一眼还在咝咝作响的电灯,然后走开了,"有人吗?"

在海伦娜视线之外的地方,走廊尽头靠近楼梯处,一块地板嘎吱响了一声。她感到皮肤发麻,双脚就像被焊在了地板上。楼下的钟开始敲打、报时,同时发出各种不和谐的声音。已经七点整了,时间在悄无声息地溜走。

"你好,妈妈。你好,妈妈。你好,妈妈。"奥比特喊着,它的声音让海伦娜的胃部像果冻一般颤抖。这是每当母亲走进房间的时候,奥比特跟母亲打招呼的方式。

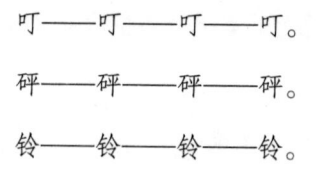

叮——叮——叮——叮。

砰——砰——砰——砰。

铃——铃——铃——铃。

第五章 镜子

她被监视了,她很确信。"有人吗?"她又喊了一声,但是她的声音被淹没在一片报时声中。走廊尽头的影子开始移动,渐渐变成一个人形。海伦娜的手指紧紧地弯曲在汗津津的手掌中,心脏在胸腔里怦怦狂跳着。"咚"的一声巨响从楼下传来,标志着时钟的报时终于结束了。墙上的灯,又咝咝响着闪了一下。

"海伦娜,你怎么还在这儿,斯坦利等着你呢。"是父亲。他双手叉腰站在楼梯顶上,皱着眉头,浓密的眉毛都快拧到一起了。

海伦娜缓缓地长舒了一口气。这幢房子里的时钟和阴影,仿佛在她的皮肤下扩散开来,让她开始想象那些在这里不存在的人。她回过头去朝她的房间看了一眼。她完全没想过奥比特的笼子上会神秘地多出一个东西。她正在犹豫要不要把这个发现告诉父亲,可父亲已经转身走了,只听见匆忙的脚步声越来越远。

海伦娜随着父亲下了楼,来到位于地下室的厨房,之前闻到的味道越来越浓烈。这是一个很大的房间,对应楼上房子的整层。

"欢迎欢迎。"斯坦利一边说,一边打手势示意他们入座。

海伦娜眨了眨眼,在斯坦利的衬衫(袖子是挽起来的)和裤子外面,他还系了一条围裙。

"嗯,谢谢。"父亲说道,有点儿担心地望了海伦娜一眼。

海伦娜四处张望着,想看看厨师在哪里,因为韦斯科特先生肯定有一群仆人来帮他打理这座大房子里的那些电灯、电话和数不清的时钟。她在想,厨师是出去了吗?灶上的铜锅里还在微微翻滚着泡泡,袅袅蒸汽盘旋而上。海伦娜和父亲都不擅长烹饪。父亲说家里没钱请一个全职的帮佣,可他付钱请隔壁的帕特里奇太太每天给他们做一顿热饭。炖肉经常是一些软骨(肉却没有多少),大米布丁也总是结块儿的,需要喝上一大口牛奶才能咽下去。从某种程度上来说,海伦娜觉得自己还是幸运的,因为她的父亲没有期待她承担起女主人的角色——她的好朋友简,就不得不在母亲去世之后承担起这样的角色。有时候,海伦娜在学校门口看到简和她的弟弟们,她的手臂上总是挎着一个晃来晃去的购物篮,脸上写满了无可奈何。她的生活已经被彻底颠覆了,突然她就被推到了一个需要她承担责任的位置上,而她还没做好准备。

第五章 镜子

长木桌边上只放了四把椅子，但这桌子至少能坐下十个人。海伦娜皱着眉：那些女仆、管家和厨师用的餐具呢？

"如果你乐意，你可以把鸟笼放在那个座位上。我猜它喜欢吃水果吧？"斯坦利一边说，一边指了指一把椅子。那把椅子正前方的桌面上放着一盘切好的苹果片，还摆成了车轮的形状。斯坦利确实十分体贴周到。

"我做了一些芦笋汤，"斯坦利停顿了一下，咽了咽口水，"还有炸鳗鱼。我必须得承认，这是我第一次做这道菜，但是比顿太太说……"

"噢，比顿太太——"海伦娜的父亲说着，目光在厨房里四处搜寻，"她是韦斯科特先生的厨师吗？"

斯坦利咧嘴笑了笑，摇摇头。他拿起一本摊开在桌上的厚厚的书，挥动了一下。他的动作太快，放在下面的那本书砰的一声掉在铺了地板的地面上。"你没听说过《比顿太太的家务管理手册》吗？我的母亲曾经跟我说过。这本书在韦斯科特先生的厨师离开后可是帮了我大忙。其实我特别喜欢做菜。我发现菜谱有点儿像算术，只要你弄明白正确的比例，大部分情况下都不会出问题。"

"噢，我知道了。"海伦娜的父亲轻声说，"是的，我……我太太也有这本书。"

海伦娜走过去捡起那本掉落在地板上的书——《数学原理》。她皱着眉头，把它放回桌上。厨房里怎么还有教科书呢？可她的思绪被眼前那盘薄薄的、裹着白色面粉的黑色鳗鱼打断了。之前她从来没吃过鳗鱼。母亲从来都不会买这种鱼，她更喜欢用盐腌过的鳕鱼块。海伦娜咽了咽口水，坚定地告诉自己，尝试新鲜事物总是件好事。

"我想我应该解释一下，"斯坦利说，"我发现自己身兼数职——仆人、厨师、园丁，通常还是管家，总之，除了我的本职工作家庭教师以外，其他的都得做。"斯坦利突然抿住嘴，就好像他说得太多了一样。

"但是爸爸说韦斯科特先生非常富有，他为什么不多聘请一些仆人呢？"海伦娜问道。

"海伦娜……"父亲轻声说，微微眯着眼睛示意海伦娜不要再说话。

"没关系，没关系，这是个好问题。"斯坦利说道，并再次引导他们坐下。他打开碗橱，拿出了一个木质的托盘。他在托盘上放了一块淀粉白的亚麻布和一只嵌着金边的碗。他又从一个壶里倒出一杯牛奶，放在碗边上。"这里的情况不太好。"他咬着下嘴唇说道,仿佛在考虑告诉他们多少才合适,"你们看,这里的工人都走了。凯瑟琳·韦斯科特小姐几个月前聘请了我,我现在是唯一一个留下来的。我在尽我所能维持这座房子的一切正常运转,因为如果我不去做,那谁来做呢?"

海伦娜接下来张嘴要问的问题显而易见:为什么这儿情况不太好?为什么韦斯科特先生的用人们都走了?韦斯科特先生也没有孩子,他为什么需要一位家庭教师呢?

还没等海伦娜说出半个字,她就看见父亲举起了一只手,这是"不要再问了"的意思。她看到父亲的眼睛里开始升起一团小小的火焰。

海伦娜不说话了,重重地坐回她的椅子上。她拿起一片苹果,穿过笼子的栏杆去喂奥比特。父亲觉得在这幢房子里是不可以问任何问题的,这让她十分恼火。

斯坦利在厨房里忙碌着,一边看着烹饪指南,一边给鳗鱼裹上蛋浆和面包屑,在灶上开始油炸。当鳗鱼在油锅里嗞嗞作响的时候,斯坦利揭开另一个锅的锅盖儿,盛出两碗汤,放在海伦娜和她的父亲面前。海伦娜盯着那碗汤。汤是绿色的,让她想到长满水藻的池塘。

斯坦利皱了皱眉头，说："希望这个汤还好。比顿太太的菜谱让加点儿菠菜汁来调色，我可能加得有点儿多了。"

"这一定……很美味。"海伦娜的父亲肯定地说，顺便舀起一勺汤，喝了下去，"是吧，海伦娜？"

海伦娜舀了一勺看起来寡淡无味的汤放进嘴里，菠菜的味道有点儿盖过了芦笋。"是的，挺好喝的。"她喃喃道。

斯坦利精心地准备着韦斯科特先生的晚餐，在托盘一侧的碟子上放了一小串玫瑰红的葡萄。"你们肯定觉得一个男人来当厨子有点儿奇怪，我父亲也不太满意我的这个选择。正如人们所说，情势所迫。"他说。

海伦娜好奇斯坦利是不是真的乐意住在这幢钟表都快堆到房梁上的古怪的大房子里，照顾那个古怪的韦斯科特先生。即便是真的，像这样一幢大房子，没有厨师和仆人，也是一件很令人费解的事情。

"我得把这个送到楼上去。"斯坦利端着托盘说道，脸色变得比之前更阴郁了，仿佛谈及这幢房子的变化让他想起了一些他不愿回忆的事情。

突然，楼上门厅传来一阵窸窸窣窣的声响，就像是什么东西掉下来然后又被捡起来。斯坦利的眼睛朝声音传来的方向

第五章 镜子

瞟去。

海伦娜看到他的喉结耸动了一下,微微摇了摇头(如果不是她一直盯着看的话,根本看不到这样微小的动作)。谁在那儿?她瞥了一眼父亲,他却忙着把碗刮干净。

斯坦利匆忙离开了房间,托盘在他手上摇摇晃晃。

海伦娜舀起满满一勺汤塞进嘴里,有点儿咸,但这还不是她喝过的最难喝的汤(冬天里学校做的肉汤绝对可以"荣膺"这个称号)。她坐回椅子上,用桌上的餐巾擦了擦嘴。

父亲抬起头笑了一下,说:"除了颜色奇怪了点儿,这个汤还是挺好喝的。"

另外一个声音从门厅那边传来,是听上去有些急切的低语声。

海伦娜把餐巾放在碗边上。"我其实不太饿,我可以先走吗?"她一边问父亲,一边翘首朝门口那边张望着。

"当然。"父亲回答道,"你脸色有点儿不太好,应该是长途旅行太累了吧,赶紧上床睡觉去。一会儿我喂了奥比特,就把它带上来。"

海伦娜冲着父亲笑了笑,挪开椅子,立刻跑出了房间。她听到斯坦利在她头顶上噔噔噔地上楼梯。她非常确定她还听到了另一串更轻的脚步声。她正要跟着他们走,突然有个东西引起了她的注意。在一个光秃秃的衣帽架和一扇壁橱门之间，一张和她手掌差不多大的纸被钉在墙上。这是另外一幅用铅笔绘制的飞行器的画。这幅画比第一幅要更精细一些，机翼和机身的构架都是用尺子画出来的，方向舵的比例也正好。她把这张纸从墙上扯了下来，用拇指在纸张最上方图钉留下来的小凹痕处摩挲了一下。然后她把这幅画折了一折，放进口袋里，听着两串交错的脚步声继续往楼上走。

第六章

钟表房

海伦娜的父亲重重地敲着她的房门。"二十分钟后,咱们一楼见。早餐前我们得先去检查一下那些时钟。"他的声音听上去有些兴奋。

海伦娜打了个哈欠,坐了起来。

他又敲了敲门:"海伦娜,你听到了吗?"

"好的,爸爸。"海伦娜揉了揉眼睛,回答道。昨天夜里实在是太吵了,时钟会定时鸣响报时,那些庆祝期末考试结束的学生兴奋得要命,又是大叫又是大笑的。她原本以为剑桥是一个宁静悠闲的小镇,看来她可能想错了。楼下的时钟又开始"砰砰""乒乓""叮叮"地报时,七点整了。海伦娜从枕头底下摸出头天晚上从地下室的墙上取下来的画，打开，用拇指抚摸着那个飞行器的一边机翼和方向舵。到底是谁画的呢？是那个把镜子放在奥比特笼子上的人吗？斯坦利让她在发现别的钉在墙上的画时告诉他，但是她不想说。一是因为凯瑟琳曾经跟她说过不可以随便讨论这座房子里发生的任何事情，同时也是因为她想找到画这些画的人，以及他画这些画的原因。

海伦娜瞥了一眼奥比特的笼子，上面依然盖着遮光布。她从床上爬起来，试探着将布扯下来，有点儿期待看到另外一条黄丝带——另外一件礼物。可只有奥比特昏昏沉沉地看着她，没别的东西了。她卧室的门没有锁。她没有告诉父亲有人闯进了她卧室的事情，是不是太蠢了？要是他知道有人动过他们的东西，肯定很不高兴。要是有人闯进了父亲的房间，弄坏了他那些昂贵的修理钟表的工具呢？她迅速取出一条浅蓝色的棉质裙子穿上，又套上了长筒袜和靴子。要是有什么可能会威胁到父亲的生计，她想自己也不能继续遵守凯瑟琳说的规矩了。

海伦娜还记得在他们刚到的时候韦斯科特先生是怎么看着奥比特的。那个眼神非常奇怪，既掺杂着厌恶，又有些别的

第六章 钟表房

意味。是他把镜子挂在笼子上的吗？那些画也是他画的吗？自从前一天下午从他的书房离开以后，她就再也没见过韦斯科特先生了。尽管如此，他的眼睛里有一种她完全摸不清楚的怪异——如同冬日里久久不能散去的晨雾。她又想起了昨天父亲跟他签的那份合约，胃里一阵恶心。尽管父亲告诉她不用担心，可是她怎么能不担心呢？要知道，如果这里的任何一座时钟停摆，他们就会失去所有的财产。

这会儿，海伦娜已经跑到一楼了，她有些喘不过气来，思绪也有点儿混乱。听到门厅里桌上那座金色婚礼蛋糕钟发出的急促的嘀嗒声，她觉得自己心更慌了。她停下来，盯着那座钟看了一会儿。这座蛋糕钟每一层的中央都有若干金色的小罐子，里面盛着闪闪发光的嵌着珠宝的花朵。这是一座颇具异域风情又有点儿奇特的时钟，看上去十分昂贵。

她听到地板"嘎吱"响了一下，一阵低语从韦斯科特先生书房对面的房间里传来。是父亲吗？当靠近书房门的时候，她放慢了脚步。房间里韦斯科特先生正低声跟某个人谈话。他说着说着激动起来："这是最后一次警告你，马青顿……不……我不会听你的。如果你不能完全按照我说的去做的话，那你就被解雇了。"她听到韦斯科特先生这么说。这是一次不自然的单方面的谈话，显然，他在打电话。海伦娜从门边悄悄退开，地板在她的脚下嘎吱作响。韦斯科特先生显然不能得罪。

"海伦娜，是你吗？"父亲在对面的房间里喊道。

"啊……是的，爸爸。有件事情我必须跟你说……是关于……"海伦娜说，这会儿她已经忘记了韦斯科特先生，径直冲进了父亲所在的房间。当她看到敞开的门边上有什么时，她顿住了。那是一把椅子，一个男孩坐在椅子上。他穿着蓝色的裤子、带黄铜鞋带扣的黑色的鞋和袖口上有褶皱的白衬衫。他顶着一头金发，面对着父亲。

海伦娜的父亲正站在凳子上检查一座顶部为宝塔造型的落地大摆钟。"这个桃花芯木的大摆钟是伊普斯威奇的穆尔制作的，"他说，"很棒吧！"他虔诚地将一只手放在这座钟上面。

海伦娜盯着父亲看。难道他看不见那个男孩？

男孩在椅子上转过身来，瞥了海伦娜一眼。他微眯着蓝眼睛，嘴唇抿成一条线。

"海伦娜，看看钟面这四个角上的表盘。"

海伦娜转向父亲。

"这个时钟能显示月份和日期，还可以让我们选择要不要报时，而且第四个表盘可允许挑选七首不同的曲子。这是一个多

第六章 钟表房

么完美的范例啊。"父亲骄傲地说道,就像这座钟是他亲手做的一样。

"你们对一切都满意吧?"一个声音在门口响起,是韦斯科特先生。海伦娜转过头去。椅子上的男孩不见了。他悄无声息地走了,就像一个鬼魂或者影子那样。海伦娜想起了前一天晚上在楼梯平台上那种一直被盯着的感觉。她的头皮就像突然被扣上帽子一样紧绷起来。

韦斯科特先生冲着那把空空的椅子眨了眨眼,然后又望向别的地方。他长叹了一口气,那声音就像被网捕住的蝴蝶,拼命振翅挣扎,想要挣脱。

"所有的安排,都……再好不过了,先生。"父亲从梯子上下来,在他的短围裙上擦了擦手,回答道,"这真是我见过的最壮观的藏品了,您收藏钟表的时间很长了吧?"

韦斯科特先生踱着步子进了房间。"不,也不是很长时间。"他说。他的声音听上去有些微弱,轻得像一棵春天的嫩芽。

在时钟敲击的间隙,房间里一片寂静,直到海伦娜觉得可能有谁会打破这样的寂静。

"您做了一些非常正确的选择。我觉得您的这些藏品会在今后的岁月里给您带来更多的财富。"海伦娜的父亲说道。

"我对它们值多少钱毫无兴趣,"韦斯科特先生说,嘴角两边的皱纹显得更深了,"我只想要它们一直保持运转。"

海伦娜看到父亲的喉结耸动了一下。"当然,我会让它们一直运转的,先生。"父亲冲韦斯科特先生笑了一下,而韦斯科特先生并没有回应。

"我姐姐,也就是凯瑟琳,在你检查时钟的时候都会过来。"韦斯科特先生低声说着,走到刚刚海伦娜父亲正在检查的那座钟旁边。"每一天。"他补充道。他的左眼跳了一下,他用手揉了揉。"你好好工作吧。今天是周一,我得去跟印刷厂的董事们开会。"

"当然,当然。"海伦娜的父亲回答道。

韦斯科特先生转过身去,离开房间,又回头瞥了门边的那把椅子一眼。

"那个男孩是谁?"海伦娜把钟罩递给父亲时问道。

父亲小心翼翼地把钟罩安回去,像把婴儿放到摇篮里那样温柔。"什么?"他问道。

"就是那个……坐在门边椅子上的男孩。"

父亲扭过头来,顺着海伦娜手指的方向望去,看到了那把空荡荡的椅子。他把双手揣到口袋里:"我完全不知道你在说

第六章 钟表房

什么。"

海伦娜紧紧地咬着下唇。父亲怎么看不见他呢？就好像是这幢奇怪又压抑的房子，让她看到了一些绝非真实存在的东西。

"海伦娜，你知道这份工作对我们来说有多重要吧？"父亲温柔地问道。

海伦娜轻轻地点了点头。

他拿起一本笔记本朝她挥了挥："我熬了大半夜才列出这个清单，上面标明了所有需要上发条的钟表以及给它们上发条的时间。我们会非常忙，这还没有算上我必须做的那些维护工作，所以我需要你的帮助。"

"可是……我有些事情想跟你说，是关于……"

"现在不行，海伦娜。我还有好多工作要做呢。你能上楼帮我清点那些放在储藏柜里的怀表吗？列一张单子，标明那些怀表的尺寸和类型，顺便把那些上发条的钥匙也整理一下。"他转过身去，开始搬开另一座钟的钟罩。

海伦娜抿起嘴唇，低头朝男孩刚刚坐过的椅子走过去。她用手轻轻摸了一下那把木质的椅子，上面还是温热的。这意味着，那个男孩根本不是什么鬼魂或者影子之类的，而是另一个与这上百座时钟一起住在这幢房子里的活生生的人。

第七章

那个女孩

那天其他的时间里,海伦娜拎着奥比特的笼子,跟着父亲从这个房间走到那个房间,其间还没忘记在写字板上写法语动词。写字板是学校要求她借的,这样她就不会把功课落下了。父亲让她帮忙的时候她就帮忙("把修怀表的小镊子递给我,海伦娜。不不,不是这些,是那些带核桃木把手的""帮我量一些肠线出来,我得用它来修这些钟摆"),她的脑子里满是父亲的指示和命令,这也一直在提醒她父亲签署的那份合约。愤怒的火焰像一根点燃的火柴那样刺痛着她的胃,她一想到如果时钟停摆,他们将要面临的命运,她的整个身体就像在燃烧一样。但是父亲似乎完全不在意,而是完全沉浸在他

第七章 那个女孩

的工作中，好像进入了另一个世界。

那个神秘男孩默默出现在他们进入的每一个收藏时钟的屋子门边的椅子上，就像一个魔术师在表演一个高超的魔术。海伦娜想吸引男孩的视线，可他总是望向其他的地方。

当海伦娜和父亲走到三楼那个贴着紫藤花纹墙纸、放着落地大摆钟的房间里时，那个男孩依旧跟着来了。他的脚步很轻，就像烟一样。海伦娜还记得他们刚到时凯瑟琳的嘱咐，不许谈论在房子里看到的事情，但她喉咙发痒，迫切地想知道更多关于这个男孩的信息。她确信父亲也看到了这个男孩，因为在这一天里他的目光从男孩身上掠过好几次，但他完全没有要跟男孩说几句的想法。可能是凯瑟琳之前讲的话一直在他脑子里萦绕吧。父亲跪在地板上检查一座时钟带支架的底座时，海伦娜也跪在边上，悄声问他觉得那个男孩到底是谁，有没有可能是韦斯科特先生的儿子。

"不要再问这样的问题了。"父亲严厉地低声说道，海伦娜一下子咬紧了牙关。但是她怎么可能不问呢？任何人如果觉得背后有另一个人在盯着自己看，都有权知道那个人是谁，为什么要这样干吧。

午饭时，海伦娜在吃了凤尾鱼吐司、喝了酸得舌头发麻的新鲜柠檬汁之后，跟斯坦利聊起了那个神秘男孩和他的身世。她问斯坦利，为什么韦斯科特先生从来没有提起过这个同样住在房子里的男孩，以及他是不是为这个男孩聘请斯坦利为家庭教师。

"韦斯科特小姐跟我说过，不能讨论这幢房子里发生的任何事情。"斯坦利闷闷地说道。他张了张嘴，像是要再说点儿什么，然后又闭上了，轻轻地摇了摇头，深色的头发也随之飘动。

海伦娜把身子往椅背上靠了靠。看来斯坦利也被告诫过，不能讨论这幢房子里发生的事情。她的好奇心就像一块灼热的金属不断膨胀。

就在那天晚上六点之前，门铃响了起来。那个男孩半个小时前就离开了，他迈着沉重的步子上楼，一直走到了房子的顶层。当时海伦娜和父亲依然待在三楼那个放着落地大摆钟的房间里。父亲费劲地把钟罩取了下来，正检查黄铜表盘、金属指针和重锤。"砰"的关门声远远地传来，然后就是"噔噔噔"跑下楼的脚步声，还有说话的声音。

"叮叮咚咚——嘀嘀嗒嗒——咔嗒咔嗒。"奥比特叫着。

阳光、清澈的蓝天和深粉色鲜花的味道，随着凯瑟琳的到来，一齐涌入了房间。她的奶油色长裙如同鸽子的翅膀一般，

第七章 那个女孩

轻柔地拂过木质的地板。她不是一个人来的。一个同海伦娜年纪差不多的女孩，正拉着凯瑟琳戴着手套的手。她穿着轻薄的叶绿色雪纺裙，点燃了海伦娜内心的嫉妒之情。女孩用另一只手轻轻地拨弄了一下发卡。一头短短的金发，衬得她小巧的鼻子和湛蓝色的眼睛格外显眼。

韦斯科特站在他姐姐的另一边，他眼下的皮肤黑得像瘀青，他飞快地扫了一眼那个女孩，又看向别处。他的眼神有一丝遗憾，嘴唇微微颤抖着，就像有些话在他的舌尖上跳跃。有个念头就像韦斯科特先生房子里走廊上闪烁的电灯那样，闯入海伦娜的脑海中。这个女孩是他的女儿吗？如果这个女孩是他的女儿，那个总是坐在收藏着时钟的房间里的奇怪男孩一定就是他的儿子了。

"你的学习还能跟得上吗？"凯瑟琳低声对女孩说，同时拨弄着自己那顶又大又精致的毛毡帽上长长的白色鸵鸟毛。

女孩认真地望着凯瑟琳，轻声说："是的，凯瑟琳姑姑，我能跟得上。"说完，她扫了一眼韦斯科特先生。他叹了口气，稍稍挺直了肩膀，朝那座有着圆脸摆锤的钟走去。他把右手放在钟门上，紧紧地抿着嘴巴，看钟摆来回往复摆动。天使般的小脸儿在视线里有规律地摆过来摆过去，仿佛让他肩上某根紧绷的弦松了下来。

"这可是一个极好的核桃木的八日发条钟,是伦敦的武利亚米制作的。"父亲一边说,一边向那座钟走去,"您能拥有这座钟,真是太幸运了。在十八世纪,武利亚米可是为王室制作钟表的工匠。"

"是的,我知道。"韦斯科特先生淡淡地说道。他转过头来,对着海伦娜的父亲说,"你说我很幸运。"他说的这句话,与其说是一个问句,不如说是一种宣言,就像它需要像剥橘子那样剥开来,看看里面还有没有别的东西。

"啊,可爱的鹦鹉。"凯瑟琳松开女孩的手,两步就跨到了海伦娜放在她父亲脚凳上的笼子旁边。

"嘀嗒——嘀嗒——嘀嗒。老鼠跑上了……吱——吱——吱,嘀嗒。"奥比特从它栖身的地方跳了下来,开始惊恐地尖叫,头上的羽冠也竖了起来。

海伦娜愣住了。它怎么发出了这么吓人的声音?

凯瑟琳却鼓起了掌,笑容点亮了她的面孔:"噢,这只鸟儿还真是厉害,你不觉得吗,埃德加?"她的声音盖过了奥比特的尖叫。

"吱吱——吱吱——呱。"

第七章 那个女孩

海伦娜见那个女孩咬着下嘴唇，瞪大了眼睛。

"海伦娜，把奥比特带出去。"父亲快步走到笼子前，大声说道，"实在是太抱歉了，韦斯科特先生。它平常不这样吵闹的，一定是因为碰到陌生人，再加上在这个陌生的环境里……"

韦斯科特先生瞪着笼子里上下跳动的奥比特，脸涨得发紫。

"吱吱——吱吱——吱吱。"奥比特一边尖声叫着，一边用翅膀拍打着笼子。

"嘘——嘘，我的小可爱。"海伦娜提起笼子，迅速地走向门口。

那个女孩在海伦娜走过她身边的时候，同情地皱了皱眉。

海伦娜的脸颊火辣辣的，她实在是太难为情了。她的父亲失望地看了她一眼，然后转过身对着韦斯科特先生和那些时钟。为什么奥比特在应该表现得体的时候表现得如此糟糕呢？

走到门口，海伦娜转身看了一眼。凯瑟琳盯着她，同时用手摆弄着衬衫最上面的那几粒扣子。她冲海伦娜轻快地笑了一下，转身走了，帽子上的羽毛摇曳起伏，仿佛马上就要变成鸟儿飞走。

第八章

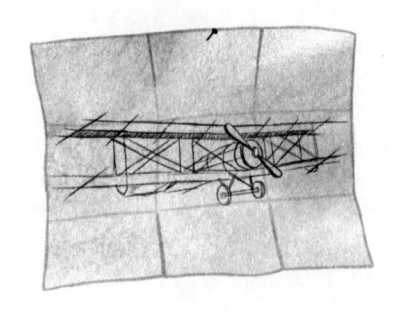

信 息

那天晚上晚些时候,晚饭后过了很久,海伦娜从放置着落地大摆钟的房间外面的墙上取下了另一张画着飞行器的画。到底是谁把它们留下的呢?她现在可以确定,那个男孩和那个女孩就是韦斯科特先生的孩子,他俩是兄妹或姐弟。但是,是他们中的谁把那些画留在墙上的呢?为什么要留呢?凯瑟琳说过,韦斯科特先生的太太八个月前就离开了。她去哪儿了呢?那个男孩和那个女孩也失去他们的母亲了吗,就像海伦娜一样?只是海伦娜觉得自己没有完全失去母亲——奥比特的叫声能让她记起已离开她的妈妈。

走到四楼,海伦娜迅速望了一眼她的房间,奥比特正在里

第八章 信息

面睡觉。这会儿正是去解答心中某些疑问的好时候。她穿过楼梯平台,来到斯坦利说的韦斯科特先生房间所在的走廊上。那个男孩和那个女孩应该也住在这里。走廊的两侧分别有两扇门,尽头还有一扇门,所有的门都紧闭着。想到韦斯科特先生把他所有的家具和财产都放在这里而不是楼下,真是有点儿奇怪。海伦娜停了下来,歪着脑袋想:为什么他要把所有的东西都换成时钟呢?一阵说话的声音从走廊尽头那个房间里传来。她踮着脚继续沿着走廊往里走,突然,她停了下来,脚趾在袜子里弯曲着。不小心听到别人说话是一回事,故意偷听又是另外一回事了。但是她好像无法控制自己似的。如果她不是把耳朵贴在门上,而是用套着袜子的脚趾轻轻抚平地毯的卷边,也许她能在那儿逗留更长的时间,听到更多有价值的东西。

"非常好,非常好。是的,这就是我所说的。"(斯坦利)

"但是这种调整能让它在空中停留更长时间吗?"(是那个女孩的声音!)

"是的,一定要多问问题!这是唯一一个可以验证你学到的东西是否正确的途径。你姑姑就是这么跟我说的。"(斯坦利)

"我们已经把信寄出去了,可是他们会看吗?"(那个女孩)

一阵咳嗽声传来,伴随着脚步在地板上移动的声音。

海伦娜迅速低下头，沿着走廊往回走。听上去像是斯坦利正在给那个女孩上课。可是已经很晚了啊。

在她换上睡裙、扣上袖子上的扣子之后，海伦娜立刻展开了刚刚在楼下墙上找到的那幅画。那个女孩说，"让它在空中停留更长时间"，可能这就是她画的吧。如果是的话，她可真厉害。海伦娜总希望自己在某个方面有点儿天赋，可是她画画不行，母亲鼓励她上的音乐课也上得一塌糊涂。每次她弹琴的时候，她的音乐老师卡特赖特小姐脸上都会流露出痛苦的表情。

但这些画又是画给谁看的呢？是这些线条和角度里还隐藏着什么秘密吗？也许是斯坦利帮她画的呢。

海伦娜把画翻过来，用手指抚摸着铅笔在纸上留下的痕迹，但是没发现什么加密信息。海伦娜听到隔壁父亲房间里床上的弹簧嘎吱嘎吱的声音——他心事重重，连"晚安"都没道一声就睡下了。

她叹了口气，又把那张纸折起来，塞到枕头底下，就在她正打算上床的时候，突然听到窗户下正门处传来砰砰的关门声和踩在石头上的脚步声。时间很晚了，已经十点多了，一般这个时候她已经进入梦乡。她调暗了手提煤油灯（她还是有点儿不信任墙上的电灯），把窗帘稍微拉开了一点儿，朝外面的一片昏暗望去。是韦斯科特先生……他戴着一顶帽子，穿着长外套，站在路边上。一辆两轮双座马车驶来，停下，马儿打了个响鼻，低下了头。车夫跳下车，等着韦斯科特先生上车。马车走远了，马蹄声渐渐消失在一片黑暗的街道里。这么晚了，他要去哪儿？

"上一任钟表匠把那些给怀表上发条的钥匙弄得一团乱。"第二天下午，海伦娜对父亲说道。她挨着奥比特的笼子席地而坐，把那些钥匙按大小排列在面前。有的钥匙特别小，只有拇指盖儿一般大——太容易滑落进地板之间的缝隙里了。她在地板上铺了一块绿色的粗呢布，以防万一。想象一下，如果他们丢失了为某个钟表上发条的唯一的钥匙，那它就没法上发条了。虽然她很生父亲的气，也不太喜欢这些钟表维护工作，但她得确保他们能带着所有属于他们的东西回家！

"你把这些钥匙排好之后，能帮我把这些表都上好发条吗，海伦娜？这是我们到这儿的第三天，可是上一任钟表匠走了之后，一部分钟表还没上发条，咱们必须得今天完成。我得去隔壁房间更换连接着一部分摆锤的肠线了。"他说这话的时候语速很快，有些心不在焉。他又进入他的"另一个"机械物件的世界，一个她不被允许进入也不欢迎她的世界。

海伦娜叹了口气，点了点头，在父亲拎着工具箱离开房间的时候，望了一眼坐在门边椅子上的男孩。现在是时候问问那个男孩吗——为什么他一天又一天地坐在钟表房里，一个字都不说呢？

海伦娜站了起来，朝着那个装满怀表的木制储藏柜走去，打开了其中一个抽屉。大一些的怀表放在抽屉靠里的地方，而小一些的怀表则放在靠外的地方。银质怀表的外壳上雕刻着精美的花纹，而金质怀表的外壳上则镶嵌着珐琅画，上面画着乡村风光或是细巧的野花。海伦娜拿起一块正嘀嗒作响的金质怀表，小心地拧开它的背壳。她选了一把看上去应该合适的钥匙插进怀表的发条孔，转了几下。这能让它继续运转吗？她一点儿也不想考虑时钟停摆的后果。她把背壳装了回去，迅速地擦了擦怀表，放回抽屉里。虽然她有些不愿承认，可这些怀表及其轻盈精致的嘀嗒声、珐琅表盘和雕花背壳的确有令人着迷的可爱之处。她想，要是这些怀表能说话，它们会说点儿什么呢？她好奇这些怀表曾经待过哪些口袋，又帮人们遵守过哪些约定呢。

第八章 信息

"有时候，我也很好奇呢。"一个很小的声音说道。

是那个女孩！海伦娜急忙转身，脸颊有些微微发热。她工作得太认真，甚至都不知道自己竟然把心里想的这些话大声说了出来。可是……那个女孩并不在这里，那个男孩在。他坐在那儿，咬着下嘴唇，望着海伦娜。海伦娜皱起了眉头，朝他走过去一步。然后是另一步。他身上有些跟她在学校里认识的男孩不一样的东西。她更仔细地打量着这个男孩，他的脚很秀气，纤细的手指放在腿上。这……这完全不是个男孩，这是个女孩！一个穿着男孩衣服、剪着男孩发型的女孩！

海伦娜眨了眨眼，使劲儿想着前一天晚上见过的那个女孩。眼前的这个"男孩"和那个女孩有着相同的眼睛、相同的鼻子、相同的短发，难道他们是……是的，他们就是同一个人！海伦娜脸颊上的红晕更深了。多么奇怪！"你喜欢钟表吗？"海伦娜问道。她的脸更烫了。这听上去太傻了。那么多问题在脑子里萦绕，怎么就问出这个最傻的了呢？

女孩垂下眼帘，盯着自己的膝盖。"不是特别喜欢。"她说，平淡的语气一如往常，"现在不喜欢了。"

"那你为什么整天都待在钟表房里呢？"海伦娜皱着眉头问道。她咬着拇指指甲。她问了一个很愚蠢的问题——又一次！想问的问题在海伦娜的脑子里争先恐后，比如，这个女孩为什么在白天要穿上男孩的衣服呢（尤其是她明明有那么多漂亮的裙子可以穿）？她妈妈在哪儿呢？为什么韦斯科特先生从来不说他有一个女儿？

女孩紧紧地抿着嘴唇，没有回答海伦娜的问题。她轻叹了一口气，站起身来，走出门去，仿佛这场简短的对话从未发生过。

海伦娜长舒了一口气："唉，这个有点儿不太顺利。"她弯下腰去，把手伸进笼子里，摸了摸奥比特的尾羽。她注意到奥比特胸前有一小块秃了，就是它自己老去啄的那个地方。海伦娜觉得自己双颊紧绷，脸色发白。这种情况以前从来没有过。不过，奥比特也从来没有被关在笼子里这么长时间。母亲说过，奥比特啄自己的毛，可能是表明它觉得无聊或者沮丧了。她想起来昨天晚上在检查时钟时它发出的尖叫声。可怜的奥比特，它的世界跟她的一样被颠覆了。在家的时候，奥比特可以在她母亲的头上转着圈儿地飞，高兴地鸣叫。"你得把它的尾羽修短，"父亲曾经说过，"不然，总有一天它会从某扇开着的窗户飞出去，那可能就是我们最后一次见到它了。"

母亲则皱着眉、摇着头说道："想象一下，如果你被剥夺了自由行动的权利,是不是就跟一只不能飞翔的鸟儿一样?"对话就这样结束了。父亲知道,在任何有关母亲最心爱的鹦鹉的事情上都不能跟她争论。

海伦娜叹了口气,站了起来,走回装着怀表的储藏柜那边。她拿起了一块像她拳头一般大的银质怀表,拧开了背壳。上发条的孔在哪儿呢?她的手指轻轻抚过怀表光滑的银质内层。真奇怪,她不知道该怎么给它上发条。她轻轻地敲了敲背壳,把它举到耳朵边上。它还在运转,说明之前的钟表匠是给它上过发条的。她把怀表面朝下地放在抽屉里,用手指沿着表壳的边框摸了一圈。轻轻的咔嗒一声,第二层背壳被打开了,露出一个小小的隔层,里面有一张折起来的小卡片。海伦娜咽了一口口水,回头望了一眼门那边。女孩早就走了。父亲的脚步声从楼上传来。取出卡片,海伦娜打开了它。福克斯先生,钟表店,剑桥,玫瑰新月街。她把卡片翻转过来,上面潦草地写着几句让她呼吸凝滞的话:

> 这些钟表在你这儿也会停止的。
> 你将失去所有的东西。
> 快离开,在还来得及之前!

第九章

奥比特跑出来了

这天夜里,楼下传来的时钟发出的叮叮、当当、嘀嘀、嗒嗒声不停地钻进海伦娜的脑子里,每一次机械运动都让她在床上辗转反侧。"这些钟表在你这儿也会停止的。"这意味着,这些时钟已经停摆过了。福克斯先生。海伦娜的胃疼了起来,她只能用手揉着那个僵在胃里的紧绷的疙瘩。她知道应该告诉父亲这个令人忧心的发现。可那天晚上吃饭的时候,父亲心不在焉,而且脸色苍白,一边喝着洋葱汤,一边在笔记本上写写画画。他匆匆吃完,就又回去工作了。海伦娜帮忙清理了桌子,而斯坦利在洗碗。她看到斯坦利朝窗台上的那摞信封瞥了好几眼。斯坦利的眼神里充满了倦意,他刮着煳在锅底的洋葱,发出一声沉重的叹息。海伦娜忽然意识到,她自己的担心让她忽略了一个事实——斯坦利可能也有他自己迫在眉睫的担忧。这让她有些愧疚。

斯坦利回过头来，顺着海伦娜的目光望向那摞信封："我母亲每周都给我写信，给我一些建议，告诉我应该怎样更好地维持这个家庭的一切正常运转，尽管她觉得我认为有必要这样做挺奇怪的。我父亲甚至觉得我都不应该待在这儿，不停地问我什么时候可以回去当学徒。"

"哦。"海伦娜回应道。

"我父亲是一个工程师，"斯坦利接着说道，"他一开始在一个车间里当学徒，现在在奥斯汀先生那儿工作——他设计和制造汽车。我爸爸希望我跟他一样，而不是带着所有的书待在剑桥这儿。他正在帮奥斯汀先生物色一个地方建新的制造厂……等他找到了，他希望我过去工作。"

"天哪，所以奥斯汀先生和你父亲都觉得汽车以后会更加流行吗？"海伦娜问道，脑子里在想，的确，她在伦敦街头看到的汽车越来越多了。她父亲觉得汽车是一项伟大的发明，时不时就提到，当1896年的机动车法案通情达理地允许机动车在市区的限速从每小时2英里提高到每小时14英里时，他是多么兴奋。对海伦娜来说，这些机器又吵又笨重（而且经常能看到它们坏在马路边上）。比起车轮的嗡嗡声和刹车的吱吱声，她更喜欢马蹄踏在鹅卵石上发出的嗒嗒声。

"是的，汽车确实越来越受欢迎了。"斯坦利说，"奥斯汀先生说，现在全国马路上大约有两万辆汽车在跑了。在未来的五年里，这个数字可能会增加三倍。但是我不想去当一个学徒。我在工程学方面有很多想要去了解的，这些东西是我在车间里学不到的。我有一个老师曾经劝过我父母，说我应该试试男子高中，也许他们能给我奖学金。事实证明，我确实很擅长学习，完全出乎我父母的意料。所以现在，我来了这儿。"

"所以你现在在这儿是家庭教师？"海伦娜问，希望他能告诉自己一点儿关于那个女孩的事，以及他到底教那个女孩什么。

斯坦利点点头："我看到韦斯科特小姐在《泰晤士报》上登的广告，她要找一个家庭教师。面试的时候，我看到韦斯科特先生有数量庞大的学术书籍，我想，也许在这里工作，一方面对我自己的学习有帮助，另一方面还可以省钱。我很高兴地接受了这个职位，但是事情慢慢就变得跟我想象的不太一样了。"

"我知道了。"海伦娜一边说，一边把桌上的面包屑擦掉。这就解释了为什么厨房里会有关于数学的书籍了。斯坦利在辅导女孩学习的同时，自己也在学习。而且，他还得负责整个家庭的一切事务。这一切实在是太不公平了。

当天夜里,接受了失眠这件事之后,海伦娜从床上溜了下来,穿上她的羊毛袜,披上开衫。奥比特在盖着遮光布的笼子里窃笑。她提起奥比特的笼子。

"妈妈爱海伦娜,妈妈爱海伦娜。"奥比特的声音轻盈温柔,如同飘落的雪花,"可爱的鸟儿,可爱的鸟儿,你真是太可爱了,太可爱了,小鸟儿。"它笑着。那是母亲的笑声,明亮又清脆,就像春天的瀑布一样。

回忆的闸门打开了——全家去摘草莓的那一日,阳光洒在每个人背上,母亲开怀大笑着,她的嘴唇沾满了红色的草莓汁。

海伦娜突然有些口干舌燥,嘴巴张开着:"再笑一次,求求你了奥比特,再笑一次吧。"海伦娜紧紧抓着鸟笼的栏杆,闭上了眼睛,想象着母亲穿着奶油色的蕾丝长裙,跪在她身旁,散发着薰衣草和希望的气息。她低着头,轻轻擦掉了脸颊上挂着的一滴眼泪。"再笑一次吧,奥比特,求你了,亲爱的鸟儿。"可是奥比特已经被那面镜子吸引住了,正不停地轻啄它,整个房间都回响着"笃笃"声。海伦娜一直都不知道奥比特什么时候会模仿母亲的笑声。它可能一连好几个星期都在吟唱母亲教给它的那些童谣，喋喋不休地念叨那些毫无意义的话，然后发出母亲那样清脆的笑声，虽然这些笑声会让她脊背颤抖。在母亲去世后的好长一段时间里，父亲经常看见海伦娜紧紧地抿着嘴唇，坐在奥比特的笼子面前，等着它模仿她希望还能与之交谈的那个人。母亲的离去，就像旋涡一样吞噬了家里所有的快乐，只有奥比特或多或少能让大家回想起往昔的时光。

海伦娜听到父亲在隔壁咳嗽，床上弹簧发出了嘎吱嘎吱的声音。不能打扰他，如果她不阻止奥比特继续啄镜子的话，肯定会吵到他的。海伦娜拧开锁，打开了小小的笼子门，把它抱了出来，捧在手上。她把奥比特放进了自己的开衫里，然后把衣服扣了起来，只让奥比特的头露在外面。以前，每当奥比特不怎么安分的时候，母亲都会这样安抚它，说她那像鼓点一样的心跳声可以让奥比特平静下来。她要带着奥比特沿着走廊散步，直到它安静下来为止。

海伦娜从房间里蹑手蹑脚地走了出来，让奥比特轻咬着一根手指（虽然被夹住了，至少这样能让奥比特安静下来），她故意让自己不去注意那些阴影和黑暗的角落。站在楼梯的最高处，她侧耳倾听，楼下飘来时钟指针持续走动的声音。一阵被

第九章 奥特跑出来了

压低的咳嗽声从下一层传来。她倚着栏杆往楼下探看,听见门"嘎吱"响了一下。她看了看走廊深处父亲的房间。一切都静悄悄的。另一边走廊也安静得很。海伦娜深吸了一口气,踮着脚往楼下走去,停在最后一级台阶上。摆放着落地大摆钟的房间里……有灯光。海伦娜悄悄溜到门口,听到房间里有急促又粗重的呼吸声。"我亲爱的伊万杰琳,我的男孩。"一个声音说道。

海伦娜缩回阴影里。那是韦斯科特先生的声音。

"会再次发生吗?我的钟……为了确保它们持续运转,我快撑不住了。"

奥比特扭了一下脖子,发出了一点儿"咕咕"声,恰好这时候时钟也开始半点报时。海伦娜的脚像是被钉在了地板上。她大半夜在韦斯科特先生的房子里四处游荡,还偷听到那些她不应该听到的事情,这些时钟帮她掩盖过去了吗?

"我的时钟啊……时钟……总是嘀嗒作响。不能停止……否则就会引来各种可怕的事情……"韦斯科特先生喃喃道。

有人扯了扯她的毛衣袖子。海伦娜吓了一跳,张开嘴巴要叫出声来。是那个女孩!她穿着长长的、白色的棉睡裙,站在海伦娜面前。她的眼睛睁得大大的,眼神如暴风雨来临时的天空一样狂野,她的短发一簇簇耸立着。她又扯了扯海伦娜的袖子，把一根手指压在自己的唇上，然后指了指比她们所站的位置更往里的另一扇关着的门。

海伦娜把奥比特紧抱在胸前，不理会它对她手指越来越痛的啄咬。奥比特又在咻咻地低声笑着。

正当海伦娜和女孩站着仔细听的时候，时钟的嘀嗒声似乎没有了。女孩的嘴唇紧紧地抿了起来，她抓住海伦娜的手，拉着她一起朝走廊深处走去。

海伦娜和女孩静静地站在放着骨架钟的房间里，月光钻过蓝色和奶油色相间的厚重窗帘的缝隙倾泻在房间里，圆顶玻璃罩里的黄铜机械装置在月色下熠熠发光。

女孩把右耳贴在门上，一缕头发垂在她的脸颊上。"他已经走了。"她轻轻地说，声音有些嘶哑，仿佛需要海伦娜父亲的一点儿时钟润滑油来滋润一下。

"韦斯科特先生……是你的爸爸？"海伦娜悄悄地问道。

女孩严肃地点点头。

"我叫海伦娜。"海伦娜低语道，又觉得女孩可能已经知道了。在钟表房里的时候，她应该听到自己与父亲的对话了吧。

第九章 奥特跑出来了

"我叫'男孩'。"女孩一边轻声说道,一边摆弄着睡裙袖口上的扣子。

这是那个她听到韦斯科特先生在钟表房里提及的名字。"可是……这也不是个名字呀。"海伦娜皱着鼻子,自言自语道。她光脚站在那儿,穿着长长的睡裙,看上去实在非常像一个女孩,海伦娜思考着当初她怎么会觉得她是个男孩。

"是的,这就是我的名字。""男孩"小声却坚定地说道。她看着奥比特,眼神柔和了下来,奥比特正在海伦娜的羊毛开衫里扭来扭去。其实她的鹦鹉一直都表现得挺好的,但是按照海伦娜以往的经验,也不能对青绿顶亚马逊鹦鹉有过高的期待。

"哎哟!"海伦娜低声喊了出来,奥比特抻着脖子,在她的手臂上啄了几下。"奥比特,你老实点儿可以吗?我很快就把你送回楼上的笼子里去。"这可不是奥比特想听的话。它使劲儿扭了几下,挣开了海伦娜开衫上的一粒扣子,在地板上连蹦带跳地滚了几下,接着把翅膀拍打得啪啪作响,忽地一下就飞上了天花板,蹭过一座高高的、看起来十分昂贵的黄铜骨架钟的圆顶。海伦娜惊慌地望着她心爱的鸟儿,心脏怦怦直跳。要是奥比特弄坏了这里的任何一座钟,她和父亲就得打道回府了……而且是在韦斯科特先生把他们所有的东西都拿走之后。

第十章

"男孩"

"不,"海伦娜小声说道,"天哪,奥比特,你赶紧下来。"

但是奥比特不听她的话。这会儿它终于能把翅膀伸展开来,感受气流从羽毛间穿过,为什么还要听海伦娜的呢?奥比特突然俯冲下来,翅膀碰到另外一座钟的圆顶玻璃罩,钟罩哐哐地晃动起来。

"小心点儿。"海伦娜低声道。

奥比特在空中转着圈儿地飞,让人眩晕,心满意足的喳喳声在整个房间里回荡。

"奥比特,赶紧下来。我们会有大麻烦的。"海伦娜用最严肃的口吻命令道。

第十章 "男孩"

"男孩"背对着门，跟她站在一起，眼睛睁得大大的，闪着喜悦的光芒。她歪着头，看着房间上空，就像在看一场她有生以来看过的最精彩的马戏表演一样。

砰的一声巨响，伴随着爪子乱抓的声音。

恐惧像藤蔓一样从海伦娜的后背缠绕而上。奥比特停在其中一个嵌在墙里的架子上。架子被打磨得十分光亮，奥比特就在上面沿着长边咔嗒咔嗒地走着，还不时弯下脖子去啄摆在上面的座钟。

"天哪，"海伦娜喘着粗气说，"'男孩'——帮帮我！要是奥比特把那些钟弄坏了……"

"男孩"立刻冲到了那个架子前面，伸出了自己的右臂，像是期待着奥比特能飞下来，停在上面。

奥比特傲慢地瞪了她一眼，继续用喙咿咿咿地啄着一座钟的圆顶玻璃罩。

"它不会自己下来的。我们得找个东西站上去，然后把它抓下来。"海伦娜跟"男孩"耳语，毫无疑问，那个玻璃圆顶随时都有可能碎掉，然后地板上就会撒满无数冰碴儿似的玻璃碎片。

"男孩"转身向门口跑去。有那么一瞬间，海伦娜害怕她要去把她的父亲找来帮忙。其实她只是把门边的那把木椅子搬过来,放在了柜子前面。海伦娜往前踏了一步,但是"男孩"已经踩了上去。

"奥比特不认识你。小心点儿,它有时候会啄陌生人的……"海伦娜没有继续往下说。只见奥比特不再啄玻璃罩子了。它沿着柜子侧身而行,双脚发出咔嗒咔嗒的声音,直到与"男孩"的视线平齐。

奥比特点了点头:"你好,你好,你好。杰克和吉尔跑上山。"它的声音低沉又嘶哑。

"男孩"伸出了手臂。海伦娜看见她的手臂在颤抖。奥比特跳到她的手腕上,然后顺着胳膊往上走,试探性地啄了一下她的睡裙。"男孩"在椅子上慢慢蹲下身来,海伦娜轻轻地靠近,抓住了奥比特。它没有抵抗,只是亲切地啄着海伦娜的手指。

海伦娜倒在地板上,双手捧着奥比特,手掌感觉到它鼓点般的心跳。"谢谢你。"她松了一口气,说道。

一抹红晕爬上了"男孩"的脖子。她冲海伦娜微微一笑,笑中有一种共谋的意味,表明她们的秘密绝对不会被泄露。

"你的鹦鹉为什么叫奥比特[1]呢?""男孩"的声音如芦苇般

---

[1] 英文单词为 Orbit,词意为轨道或沿轨道运行,此处"奥比特"为音译。

第十章 "男孩"

轻柔。她舔了舔嘴唇,等着海伦娜回答。

海伦娜能清楚地听到"男孩"的呼吸声,短促,充满期待。"是我妈妈给它起的名字。"她平静地说。"男孩"看着她,等着她继续说。"她说,它飞起来的时候,总是绕着她飞,就像地球绕着太阳那样。"

"男孩"歪了歪脑袋,笑了,好像这个解释让她十分高兴似的。

奥比特在海伦娜的手里蹭来蹭去之际,有些话像泡泡一样从她心底冒了上来:"为什么你要叫'男孩',而且还穿得像男孩一样?是你画了那些飞行器,然后钉在墙上的吗?……还有,是你给了奥比特那个礼物吗?你的爸爸为什么这么……沉迷于钟表?"海伦娜停顿了一下,深吸了一口气。她知道,她的一大堆问题已经把"男孩"轰炸得晕头转向了。

"我妈妈曾经也有一只鸟儿,""男孩"一边说,一边轻抚着奥比特的头冠,"它叫马克西米利安。我想奥比特也许会喜欢它之前玩过的镜子。我爸爸要求整日将奥比特关在笼子里,这真让人难过。"

"你妈妈现在在哪儿呢?"海伦娜小心翼翼地问道。她不想把"男孩"吓跑,让"男孩"像上次那样缄口不言,可是她也想知道这幢房子里那些奇奇怪怪的事情到底是怎么回事。

"她在法国,""男孩"轻轻地说,"她去年十月份就去那儿了。"

"你是说……她去度假了吗?"海伦娜追问,心想,她离开家人的时间也太长了。

"男孩"的眼里氤氲了一层水雾。

"对不起,"海伦娜说道,"我问得太多了,是吗?要是爸爸在这儿,我可能会因为这样不礼貌而被他大骂一顿。"

"男孩"盯着海伦娜看了一会儿,好像在思索她刚刚说的话。

"我想你妈妈不在身边,你会感到很难过,你一定很想念她吧。"海伦娜说道。

"我非常非常想念她。""男孩"说道。她用手轻轻梳理着奥比特尾巴上的羽毛:"那你的妈妈在哪儿呢?"

"呃,她……嗯……她已经去世了。"海伦娜回答道。

"男孩"睁大了眼睛。

"没事,真的。这已经是一年前的事情了。而且,我正在慢慢适应。"

"男孩"向海伦娜投去了略带怀疑的目光,抿紧了嘴唇。

海伦娜叹了口气,说道:"事实上,没有我说得那么轻松。我想她……每天都想。有时候甚至都不能想别的事情。"海伦娜的喉头耸动了一下，接着说，"但是我有奥比特，它能让我记起妈妈。而且，我还有爸爸，尽管他在自己的钟表工坊里待的时间总是比在家里还长。"

"我们的爸爸很相似。""男孩"郁郁不乐地说道。

"也许吧。"海伦娜觉得她们的父亲实际上很不一样，她可不想把自己的父亲换成"男孩"那个总是冷若冰霜的父亲，一百万年之后都不行。

"我爸爸大部分时间都待在他的印刷厂里。在家的时候，他的注意力总是在那些时钟上。""男孩"一边说，一边把膝盖收进睡裙里，然后用双臂环抱着膝盖。

海伦娜也想起，在伦敦的时候，父亲也经常工作到深夜，有时候回来时，她都已经安顿好奥比特，上床睡觉了。也许，她们的父亲比她认为的更相似。

"男孩"突然松开胳膊站起来，原地转了一圈："这个存放骨架钟的房间原来是家里的藏书房。晚上，我们全家都在这个壁炉前面玩棋盘游戏。那时候，爸爸和妈妈经常放声大笑。"

"你明天还会去那些放着时钟的房间吗？"海伦娜越来越觉得"男孩"有趣了，她想知道更多关于她的事情。

"男孩"点了点头。"那你呢?"她羞涩地冲海伦娜笑了笑,问道。

"当然。"海伦娜答道,回了她一个温暖的笑容,"好了,我得赶紧把奥比特送回笼子里去,要不然天知道它还会闯下什么大祸呢。"她们转身离开房间的时候,海伦娜回头看了一眼宽大的壁炉、光秃秃的墙和地板,还有不知疲倦、一直嘀嗒走着的时钟。很难想象,这个房间以前竟然也洋溢着温馨和笑声。她可以确定,韦斯科特先生和他的家庭一定遭遇了很糟糕的变故,然后才导致一切变成了现在这样。

第十一章

钟表零件

海伦娜又看了一眼怀表房门边的椅子，"男孩"那天早上没有出现在任何一间钟表房。头天夜里，她站在楼梯顶部跟海伦娜说了晚安，然后轻轻走回了房间，海伦娜默默记住了她消失在其后的那扇门。"男孩"的名字还真是很特别，而且她母亲在法国，也显得很奇怪。是因为妻子的离开，所以韦斯科特先生才看起来那么悲伤和古怪吗？就像他脑子里有一座天平，可是所有的砝码都摆在了一边。"男孩"有着跟她父亲相似的蓝宝石般忧郁的眼睛。但海伦娜觉得，他们也许不是一直都是这样的。她能想象"男孩"因为经常笑而脸上皮肤皱起的样子。也许，她可以让"男孩"笑起来。如果在这幢奇怪的房子里，能交到一个可以聊天的朋友，该有多好啊！

"海伦娜……快过来。"父亲在房间的另一边气喘吁吁地喊道，手上的镊子掉在地板上，发出一声闷响。

海伦娜把脑子里所有关于"男孩"的念头都抛到一边，一下子转过身来，看见父亲正弓着身子探过一张桌子。也许，他也发现了一条福克斯先生留下的消息。

"看看这座精妙绝伦的航海天文钟。"父亲招手让她过去。

"一座航海钟。"海伦娜重复了一遍，心跳慢慢缓和下来。

"它藏在柜子最里面，这是真品，由约翰·哈里森[1]亲手制作。我知道这座航海钟已经被哈里森家族拍卖了，可是在这里，我竟然看到了它……就在这座房子里。"父亲说道，眼睛有些湿润。

海伦娜皱了皱鼻子。父亲的话音里充满了激情。她看着那个牢牢抓住父亲目光的物件。它静静地躺在一个普通的木盒里，看起来就像一个巨人的银质怀表一样。与韦斯科特先生其他更加奢华的钟表相比，它实在是太不起眼了。"看起

---

[1] 约翰·哈里森：18 世纪的英国木匠和钟表匠。他自学成才，一生钻研钟表，发明了世界上第一个实用的航海天文钟，使航船能在海上精确计算所在位置的经度。

来……很不错。"海伦娜耸了耸肩说道。

"只是不错？"父亲的声音里满是怀疑，"你还记得吗？我曾经告诉过你哈里森是如何破解海上船舶所在的经度之谜的，也就是确定船在东西方向的位置。"

海伦娜摇摇头。在过去的日子里，父亲给她讲过太多关于钟表的故事。它们大多已经在脑海中褪色，就像大雨在炎热的天气里落在石子路上，很快便没了痕迹。

"在这个仪器发明之前，数以千计的水手在海上殒命。"父亲继续兴奋地说道，"船有可能撞上礁石化作碎片，也有可能被海盗偷袭，都是因为他们无法精确地知道自己的位置。"他戴上一副棉手套，小心翼翼地拿着那座钟，仿佛它很脆弱，随时都有可能在他手中碎裂。"听！"他轻轻地把钟举到海伦娜的耳边，"你听见了什么？"

嘀嗒——嘀嗒——嘀嗒——嘀嗒——嘀嗒——嘀嗒——嘀嗒——嘀嗒。

"它走得好快！"海伦娜一脸惊讶地看着那座钟，"它走得比别的所有时钟都快！"

"是的。准确地说，它每秒钟要嘀嗒五次，"父亲微笑着说道，"这样它才能在海上确保时间准确。这座航海钟内部的装置改变了整个世界,也让约翰·哈里森成了一个富有的人——1714年,英国国会为第一个解决经度问题的人提供了巨额奖金,他获得了其中的大部分。这在当时引起了不小的轰动,这个故事就留到下次再讲吧。"

哇,有点儿意外呢,海伦娜心想,默默记住,下次听父亲讲故事的时候,可要认真一点儿了。了解时钟是如何改变世界的,还真是有意思。她瞥了一眼放着怀表的柜子,又想起了福克斯先生留下的信息。也许这座房子里只有极少数时钟,才有这么有趣的故事吧。

父亲把航海钟放回柜子里,打开了一个长长的抽屉。他拿起躺在抽屉里的一块怀表。"你能把手伸进去,安上这个表的发条吗?"父亲问她,"你的手指比较细。"

海伦娜俯身看着齿轮,微眯着眼睛,把手伸进去,然后慢慢地把发条安上。

父亲仔细地检查过后,满意地对海伦娜点点头,说道:"非常好,学得很快,你对这个感兴趣,这让我很高兴,海伦娜。"

尽管海伦娜仍然对父亲怒气冲冲,但她感到有一抹小小的满足之光从心头闪过。

"我得出去一会儿,去丽晶街的一个商店买一些零件和肠

第十一章 钟表零件

线。"父亲把怀表的背壳合上,说道。

"我可以去帮您买。"海伦娜渴求地说。

"嗯,我不确定让你一个人去是不是个好主意。"父亲回答道。

"求你了,爸爸。我很快就会回来的,我特别想出去看看这个小镇。"

父亲摸了摸他的胡子,望着窗外,微弱的阳光正努力从低低的云层里钻出来。

"我们到这儿已经三天了,出去呼吸呼吸新鲜空气也是好的。而且我还可以完成雅各布斯老师让我在离校期间做的一些观察作业。"海伦娜希望这么说父亲能同意。父亲总是对她的学习尤为严格,尽管很多时候海伦娜都觉得这些课程并不能为她提供成长所需要的技能。观察课在每天放学前上,老师会要求他们记录下窗外的景物。这其实是个很无聊的功课,看到的东西也经常大同小异,除非天气不一样。

父亲看起来有点儿被说服了:"好吧,也许斯坦利能给你指指路……"

"好的,我马上就去问他。"海伦娜说着就提起奥比特的笼子。

父亲笑得有些疲惫，海伦娜有些担忧地注意到他的眼睛下有一点儿污迹。"谢谢你，这样能让我有更多时间来修这些表。"父亲说道。

海伦娜冲父亲笑了笑，咽下了心底的小小愧疚。因为尽管她非常高兴父亲能表扬她，但是另外一件事情一直在她心头徘徊——福克斯先生在卡片上留下的信息。这是个机会，她得去拜访一下福克斯先生在玫瑰新月街上的店铺，搞清楚藏在怀表里的卡片上的信息到底是什么意思。

第十二章

剑桥

海伦娜站在特兰平顿大街上,深深地吸了几口气,朝着坐落在玫瑰新月街上福克斯先生的店铺走去。她在怀表里找到的那张写着奇怪信息的卡片在她的裙子口袋里,就像一块滚烫的石头一样。她肩上那个束口布袋轻轻晃动着。"嘘,奥比特。"她小声说。母亲特意给奥比特做了这个布袋,用柔软的深蓝色天鹅绒做衬里,并在布料上剪了一些平整的小洞,以保证透气(这样,奥比特就可以从这些小洞伸出头来看看外面的世界——在伦敦的大街上,这可是它很喜欢干的事情)。在当地街上的那一排店铺里,它已经成了别人熟悉的风景,路过的人们会停下来问问它是否健康,鼓励它说话唱歌。自从读了福克斯先生留下的警示，海伦娜都不敢将奥比特单独留在韦斯科特先生的房子里——尽管父亲答应照顾好它。或许新鲜空气对于鹦鹉来说是件好事儿，至少能让它不再使劲儿啄自己的羽毛。在过去的一天里，笼子底部时不时就多了几根羽毛，实在令人担忧。

"嘀嗒——嘀嗒。"奥比特叫着。两个穿着拐杖糖条纹夹克、骑着自行车的男人看见笑了，轻轻碰了碰平顶硬革帽，向海伦娜致意，然后继续骑车。

海伦娜过马路的时候，不小心被水沟里湍急的水流把裙摆沾湿了。天色暗淡，一层层的薄雾遮住了太阳，空气中多了些许凉意。海伦娜终于带着放松的心情舒展开肩膀，至少她能暂时离开韦斯科特先生那座压抑的房子了。

她扫了一眼斯坦利匆匆画就的地图。沿着这条街继续走，她会路过彼得学院和国王学院礼拜堂，然后就能到达集市广场。海伦娜之前问斯坦利，她怎么才能知道自己去的地方对不对呢，斯坦利简短地回答道："国王学院礼拜堂不需要描述，海伦娜。你看到它就会知道了。"

"你知道我在基督学院的房间正好就在原来查尔斯·达尔文住过的房间隔壁吗？"一个小伙子倚着彼得学院的栏杆说

第十二章 剑桥

（他的声音听上去好像刚吞了一个李子），"我见过他收藏的一些甲虫，可真是太棒了。"

"上学期我听过他的儿子乔治·达尔文一个关于天文学的演讲，他可真是个迷人的家伙。"他的朋友回答道。海伦娜正好路过他们俩。天文学、植物学……这个世界上真是有太多东西值得去了解了，而这里似乎就是学习这些东西的好地方。一座宏伟的石柱拱门守卫着彼得学院的入口。她停了下来，朝门里的一个小礼拜堂和一个庭院望去。这个地方有一种宁静而隐秘的氛围。这里跟伦敦郊区截然不同，那里的孩子们在街上热闹地跳着绳，母亲们一边晾衣服，一边隔着花园的篱笆聊天。

海伦娜一边走，一边热切地观察着周边的景物，一家裁缝店展示着黑色的长袍和学位帽，她曾经见过学生穿戴着它们匆忙穿梭于教学楼之间。她看见一辆马拉电车隆隆驶过，电车上层的围栏上印着肥皂和煤，以及为婚礼和葬礼租用的马车的广告。车厢上层有个人站着，手指着街道。他戴着一顶漂亮的小帽子。海伦娜沿着他的目光看过去。他指的只能是那个了——一座用浅米色石头筑成的、有着彩色玻璃窗的巨大建筑。海伦娜匆忙向前走了几步，走到一小排店铺前。她停在一个遮雨棚下面，仰望着国王学院礼拜堂。伦敦有一些宏伟壮观的建筑，比如圣保罗大教堂、议会大厦，但这完全是另外一种风格的建筑。那些塔尖、塔楼和闪闪发光的窗户没入雾中，让她感到眩晕，她觉得自己渺小如蚂蚁一般。一群带着一捆捆书的年轻女孩聊着天走来，不小心碰了一下她的后背，把她从白日梦里拽了出来。

奥比特又叫了起来："都会倒的，都会倒的。"

"天哪，一只鹦鹉。"一个个子高高、发型不羁、牙齿整齐的女孩说，"它太漂亮了。"

"快来吧，埃丝特。我们得赶紧去图书馆还书。"另一个女孩冲她喊道。

埃丝特迅速对海伦娜招了招手，然后就去追她的朋友们了。

海伦娜怔怔地望着她们，想起母亲去年大声读的报纸上的那篇文章。尽管现在女性已经可以在剑桥大学学习，可以像查尔斯·达尔文那样去学自然科学和地质学，但是她们毕业的时候不能拿到学位，这真是太糟糕了。海伦娜有些闷闷不乐地想着，她一边咂着梨形糖果，一边逗着奥比特。

"男女不能平等，这真是太令人遗憾了。"她母亲曾经说过，"海伦娜既阳光又聪明，对所有的事情都感兴趣。伊萨克，

第十二章 剑桥

看看这个世界的变化吧。我们发明了电、汽车，还有可以把人们带上天空的巨大的飞行器。为什么一个女孩在决定她如何生活时，就不能获得和男人一样的选择机会呢？"

"亲爱的，我完全同意你的想法。"她父亲回答道，"很遗憾，并不是所有人都像'钟表匠公会'的想法一样超前。你要知道，伦敦大火仅仅过去十年，他们就接受了第一位女性学徒。"

海伦娜的母亲笑着，看了海伦娜一眼。她正在地板上堆积木，好让奥比特可以推倒。"我相信海伦娜长大以后会有更多机会的。"

海伦娜知道她想要更多机会，这种感觉来自她骨子里，发自她心底里。问题是，更多什么机会呢？她不知道。她有太多需要解答的问题。她非常确信，她不愿一辈子都穿着漂亮的裙子坐在那晦暗的客厅里缝缝补补、编织毛衣、画画，或者做一些观察性的研究——所有的这一切她都很不擅长。但是长大之后要干什么，她还不太清楚，她只是强烈地感受到这种不平等带给她的痛苦。她知道自己可以做任何男孩子能做的事情，总有一天，她会做到的。

她转身离开那群学生，掏出了怀表。她得快点儿了，不能让父亲等太久。她得去拜访福克斯先生，问问他究竟为什么要把那条信息留在韦斯科特先生的怀表里。然后，她还得去取时钟的零件。她清楚地意识到，自己不能成为让时钟停摆和让他们失去所有东西的原因。一个画面突然闯入了她的脑海：韦斯科特先生一手拎着奥比特的笼子，另一条胳膊下面夹着海伦娜一家的全家福，带着他们所有的东西大步朝夕阳走去。

　　海伦娜迅速瞥了一眼地图，把手插进口袋里，朝福克斯先生的钟表店走去，心脏在胸膛里怦怦狂跳。

第十三章

福克斯先生的钟表店

福克斯先生的钟表店坐落在玫瑰新月街的拐角处。玫瑰新月街是一条半月形的、十分隐秘的街道,连着热闹的集市广场。海伦娜望着钟表店的橱窗,吞了吞唾沫。这家店看上去空荡荡的,橱窗里没有展示闪闪发光的手表和时钟,只有一块栗色的长布铺在那儿,上面还有曾经放过东西的印迹。

自从海伦娜的母亲去世以后,父亲周末最喜欢的一项活动就是在伦敦寻找新的钟表店,他能花上好长时间一一检视明亮橱窗里摆放的东西,海伦娜有时候会等得哈欠连天,甚至坐立不安。

福克斯先生的钟表都去哪儿了?

海伦娜推开了钟表店的门,门铃响了。

奥比特在布袋里动了几下,明亮的小眼睛眨了眨:"三只瞎老鼠,三只瞎老鼠,吱吱。"

"真奇怪啊,奥比特。"海伦娜悄声说道,摸了摸它的头。店里的玻璃柜台也是空荡荡的,什么都没有。木质的柜台面光溜溜的,柜台背后的门紧紧闭着。也许她应该去敲敲门,看看福克斯先生在不在里面?她扫了一眼商店的门,突然看到了她进来的时候没注意到的东西。门上挂着的那块牌子,朝着她的这一面写着"营业",那另一面朝外的,就一定是"休息"了吧。海伦娜突然觉得自己的腿有些沉重。福克斯的钟表店已经歇业了。

很快,海伦娜就决定了。她弯下身子,从柜台底下钻了进去,轻轻地敲了一下后面那扇门。一阵细微的声音从她头顶传来——有人在楼上。她又敲了一下,这次用了点儿力气。一声咳嗽响起,不是大人的咳嗽声,听上去像小孩的。

她把门打开,里面连着黑洞洞的楼梯。"你好!我想找福克斯先生,他在这儿吗?"没有人回应。又一阵细小的嘎吱声从楼上传来。一定有人在那儿。可是他们怎么不下来呢?"你好!"她又喊了一声,"我从韦斯科特先生家里来,我……我有

第十三章 福克斯先生的钟表店

话要跟福克斯先生讲。"

嘎吱——嘎吱——嘎吱——嘎吱。

有急促的脚步声往楼下传来。一个不到十岁的男孩子站在她面前。他身体结实，一头浓密的黑发，紧紧握着拳头，鼻孔像小马那样大张着。"赶紧走，这儿没有别的东西让你拿走了。"他说道，声音有些许发抖。

海伦娜肩膀上的袋子动了一下，奥比特在里头轻声叫着。

海伦娜盯着他，说道："我……我有话要跟福克斯先生讲。"

"你是说，你从韦斯科特先生家里来。"男孩一边说，一边盯着海伦娜装着奥比特的袋子，袋子正晃荡着。

海伦娜点了点头，说："是的，我爸爸在那儿工作。就像我说的……"

"你爸爸，他是个钟表匠，给韦斯科特先生维护那些钟表的吧？就像我爸爸那样……"男孩问道，朝海伦娜走近了一步。海伦娜闻到一股脏衣服和没洗澡的味道，但她忍住要捏鼻子的冲动。

"呃，是的。几天前他就开始在韦斯科特先生那儿工作了。我们从伦敦来……"

毫无预兆，男孩一把拽住海伦娜的手，转身就把她往楼梯上拖。

"喂,"海伦娜尖叫,"快点儿放开我。"她拧着手臂想摆脱男孩,但是男孩抓得太紧了,又一连把她拽上了两级台阶。

"吱吱,吱吱,吱吱。"奥比特厉声叫道。

海伦娜用另外一只手死死抠住墙壁,好让自己不从楼梯上滚下去,以难看的姿势倒在底下,并伤到自己和奥比特。但是男孩一直拽着她往上走,直到楼梯的最上头。

到了那儿,海伦娜终于摆脱了男孩,迅速回过头去检查奥比特。它的羽毛都竖起来了,小眼珠子愤怒地瞪着她。海伦娜明白它的感受。她双手叉腰,怒气冲冲地看着男孩:"你知道你自己在干什么吗?你不能这样拽着一个女孩的手跑……噢——"她还没说完,就看到楼梯的左边有一个小小的房间。一扇乔治王时代风格的大窗户下面,两个脸颊凹陷的小女孩挤在地板上,她们的头发和那个男孩的一样又黑又直。一个小女孩吮吸着大拇指,另一个小女孩则靠墙坐着,紧紧地把膝盖抱在胸前。

"我的妹妹们。"男孩无力地说道。海伦娜看了他一眼。他的眼睛水汪汪的,仿佛刚才在楼下,他在她面前展示出来的野蛮和力量一下子就卸了下来。"我叫拉尔夫,"他一边低声

第十三章 福克斯先生的钟表店

说,一边拨弄着衬衫领子,"拉尔夫·福克斯。"他的衬衫上少了一粒扣子。

海伦娜看看他,又看看他的妹妹们,然后又看回来,一个可怕的想法击中了她。"你爸爸是福克斯先生?"她有些犹豫。

拉尔夫点点头。

"他……他也为韦斯科特先生工作吗?"

拉尔夫又点了点头。

其中的一个女孩开始默默抽噎。"妈妈!"她边哭边喊着,"她什么时候回家呀?"

拉尔夫朝她走过去,跪了下来,用袖子轻轻地擦了擦女孩的脸颊。"等她找到吃的,找到我们能住下来的地方,就回来了。"拉尔夫温柔地说道,"别担心,赫蒂。她马上就回来了。"

海伦娜的心脏在胸膛里怦怦跳着。房间里空荡荡的——这里什么都没有,除了在角落里有一只装满了水的铁桶,还有两只锡杯子。"这是你家吗?"她问道。

"曾经是。"拉尔夫说,声音里满是哀伤,"在我们失去所有东西之前是。"

"失去?"海伦娜疑惑地说道,立刻想到了那份她本不想提起的合约。

"其实，也不是失去，就是全都被韦斯科特先生拿走了。时钟停摆，他就拿走了我们家所有的东西。所有的家具和照片，甚至连令人讨厌的去世的姑姑那张丑照片也没放过。他还带走了爸爸所有的时钟和工具。所有的东西都被带走了，那个在爸爸店里当助手的年轻的菲利普斯先生也不例外。爸爸现在都没法儿谋生了。他是借钱租下这个店面和他的器材的。他四处借钱，说一切都会好起来的。因为韦斯科特先生让他去管理时钟，会付给他一笔钱，这样他就能还清所有的债务了。可现在所有的事情都搞砸了，我们已经一无所有。"

"但是……但是……这是什么时候发生的事？"海伦娜问道。恐惧像冰冷的手指一样抓住她的心脏。

拉尔夫的肩膀垂了下来，他说："就在几周前。你说你爸爸现在在为韦斯科特先生工作？"

海伦娜点点头。

"韦斯科特先生让他签署了什么文件吗？爸爸现在整日待在韦斯科特先生律师的办公室里，想办法终止这份合约。我想用的就是终止这个词吧。"

海伦娜用双手捂住了自己滚烫的脸颊。韦斯科特先生让拉尔夫的父亲也签署了一份合约。钟表曾停摆过，如今他们失去了一切。她紧紧拽住装着奥比特的袋子,想到父亲正等着她把钟表零件带回去,这样他又可以沉浸到他那个给钟表维修和保养的世界里了。

拉尔夫的脸因为愤怒而有些扭曲:"你们得离开那个装满时钟的房子。现在、立刻、马上。千万别等到那些时钟停摆,因为它们真的会停。我爸爸其实把它们维护得很好,他是……他曾经是剑桥最好的钟表匠,我们这儿的每个人都知道。他非常厉害,妈妈从来都不需要工作。可是妈妈现在觉得有点儿后悔了。"

"时钟——时钟——时钟。"奥比特轻声叫道。

海伦娜恐惧地看着拉尔夫。她取出放在外套口袋里的那张小卡片,递给拉尔夫,说:"我找到了这个……在一块怀表里。"

拉尔夫伸手接了过去。"这是爸爸写的,"他抽了抽鼻子说,"这是个警告。看来已经晚了,那些时钟在你们手上也会停摆的。韦斯科特先生会夺走你们所有的东西,然后你们就只能去米尔路的济贫院,就像我们可能也会去一样。"

第十四章

鹅卵石

弥漫的薄雾带来阵阵寒意。市场里商贩们的叫卖声,大学生们相互交谈的声音,自行车的车铃声,奥比特的低鸣声、尖叫声、在她袖子上轻啄的声音,海伦娜在离开拉尔夫和他的妹妹们时似乎都充耳不闻。走路的时候,她的脑门随着脚步跳动。父亲也是跟福克斯先生一样优秀的钟表匠,她十分肯定。尽管福克斯先生已经很用心了,可钟表还是停了。韦斯科特先生到底对福克斯一家的财产做了什么?他怎么能什么都不给他们留下呢?看看那两个坐在地板上饿肚子的小女孩。拉尔夫是对的——如果他爸爸妈妈没法儿找到工作,给他们买吃的,他们就得去济贫院。要是福克斯先生原来欠了许多债，那么去韦斯科特先生家里当一个收入丰厚的时钟管理员，似乎是解决所有问题的最好办法。可他这个赚钱的计划以最可怕的方式告终了。

过去，海伦娜和父亲有时候会路过他们在伦敦的居所附近的济贫院。她的目光总是被那座红砖建筑吸引，这让她想起曾经在报纸上看到过的北方那些又高又可怕的工厂。海伦娜知道，不管付出什么代价，他们都不能去济贫院。那里是穷人和无家可归者最后的救命稻草，尽管那里会提供睡觉的地方、规律的三餐和蔽体的衣服，相应地，住在济贫院里的人每天都需要长时间进行辛苦又乏味的工作。他们能听见院子里男人们发出的声音——劈斩木材、粉碎石头，都是些重体力活，这样他们才能赚到足够的钱留在那儿。女人们在洗衣房里搓洗衣服的时候，就会有热气从开着的窗户里飘出，蒸腾而上。"那些留在里面的人真的很辛苦。"父亲有些悲伤地说道，"从一个人身心健康的角度来说，没有什么事情比沦落到济贫院更糟糕了。"

当踏上通往韦斯科特先生的住宅的台阶时，海伦娜的情绪已经快低落到脚底了。这座房子就像一个坏脾气的巨人一样,在她的头顶若隐若现,许多窗户像眼睛一样瞪着她。突然,雨点砸了下来。当她伸出手去碰门上的那个黄铜门环时,右边小腿后突然传来一阵痛感。"哎哟!"她喊道,弯下腰去揉腿。刚刚发生什么了?她转过身,看到一个跟她年纪相仿的男孩站在台阶底下的一丛黄杨树篱边,然后又低头看了看,一颗中等大小的鹅卵石静静地躺在她的右脚边。

"是你冲我扔的石头吗?"海伦娜问道,她简直难以置信,弯下腰捡起那颗石头。石头握在手心里有些温热,就像是被谁攥了好长时间一样。

男孩站得笔直,但是海伦娜看到他的下巴在微微颤动。他的鞋子刷得闪闪发亮,衬衫的领子浆得笔挺,白得像一朵雪莲。他穿得一点儿都不像那些会在街上拿石头扔路人的男孩。

海伦娜往前走了一步,说:"我说,是你扔的这颗鹅卵石吗?"

当男孩从口袋拿出另外一颗石子冲海伦娜扔过来的时候,奥比特的脑袋正好从布袋里钻出来。她躲闪了一下,石子没有打中她或奥比特,而是伴着一声闷响,击中了韦斯科特先生家灰色的大门。

第十四章 鹅卵石

雨下得越来越大,海伦娜气得汗毛都立了起来。

男孩又从口袋里掏出一颗鹅卵石,直冲着海伦娜的脑袋扔过来。石头砸在门上,弹到台阶底下,险些击中奥比特。

"听着,你不能再扔了……"海伦娜一边冲男孩喊,一边往台阶下走去。

"叽叽喳,叽叽喳,叽叽喳。"奥比特呱呱叫着,"啪,黄鼠狼跑走了,妈妈,妈妈,叽叽喳!"

"格雷厄姆小姐!"

海伦娜愣住了。男孩的脸一下子变得惨白,他转过身去,朝街的另一头飞奔而去。

海伦娜回过头来。韦斯科特先生双手攥拳垂在身侧,脸色比往常更阴沉。她对他那样恶劣地对待拉尔夫一家感到强烈愤慨。"特伦斯少爷。"她凝视着男孩的背影,听到了韦斯科特先生在沉重的呼吸声中喃喃自语。

奥比特又叫了起来:"你好,你好,漂亮的小鸟。时钟嘀嗒——嘀嗒。"

海伦娜咽了一下口水,紧紧地把奥比特抱在胸前,说道:"是那个男孩,就是他用石子扔你的大门。"

"我知道。"韦斯科特先生打断了海伦娜。他弯下身去,从地上捡起一些鹅卵石,紧紧攥在手心。那些石头居然没有给攥成粉末,这让海伦娜有点儿惊讶了。

正在散步的一位绅士和一位淑女从各自雨伞下,好奇地望了他们好一阵子。

海伦娜随着韦斯科特先生的目光,望着男孩逐渐消失的方向。从韦斯科特先生嘴里飘出来的字让她想到从花朵上凋谢的花瓣:"我可怜的'男孩'。"

海伦娜的脑子一片混乱。韦斯科特先生的女儿和这个扔石头的孩子有什么关系呢?

韦斯科特先生转过身,走回屋子里去了。正当海伦娜要跟着他走上台阶的时候,她注意到那个男孩已经停下来了,朝一辆停在马路边上的封闭式马车仰着头,当时雨下得很大,马低着头,跺着蹄子。她看见一只戴着手套的手从马车车厢的窗户里伸了出来,扔下一个亮闪闪的东西到男孩摊开的手掌上。男孩小心谨慎地对车厢里的人笑了一下,握紧手里的东西,沿街飞奔而去,大雨在他身后追赶。这真是个奇怪的下午,海伦娜心想。这座房子看上去越来越神秘了,海伦娜比以往任何时候都更有决心,无论如何,她都要解开这些谜题。

第十五章

雨伞

把奥比特送回笼子里，挂好淋湿的外套后，海伦娜跪坐在床上，揉了揉眼睛，只想赶紧躺下来。她把床罩抓过来盖在头上，想想这一天发生的所有奇怪的事情。因为某些原因，福克斯先生在这里工作的时候，时钟停摆了。她父亲认为，如果把他还有福克斯先生签订的关于维护时钟的合约给律师检查的话，那合约一定是无效的。他可能想错了。按照拉尔夫告诉她的，韦斯科特先生的律师事实上帮他强制执行了那份合约，夺走了福克斯一家所有的财产。

一阵轻轻的敲门声传来。"海伦娜？"父亲把头探进海伦娜的房间，"我一开始还担心你在大雨里迷路了呢！我需要你今天拿到的那些零件。有一座台钟走得很奇怪，请你马上帮我把它们带下来吧。"

海伦娜跟着父亲走的时候，正嗡嗡作响的脑子里突然一片空白，就像学校里被擦干净的黑板一样。时钟的零件！她忘了去丽晶街取了。她的心思早被在镇子上与拉尔夫的相遇给分散了。怎么跟父亲解释她压根儿没拿到时钟的零件呢？她不想告诉父亲关于福克斯一家的事情，因为她觉得这会让他分心。她突然清楚地意识到父亲的工作是多么重要，这可关乎他们全家的生计。

海伦娜走进那个整齐摆放着许多桌子的房间，桌子上都是旅行钟和台钟，当她看到"男孩"正静静地坐在门边的椅子上时，吓了一跳。她冲着海伦娜微微一笑。"男孩"金色的头发打理得十分利落，应该出自一位颇有经验的理发师之手。海伦娜不由自主地伸手摸了摸自己扎得松松的马尾。留这么短的头发到底是什么感觉呢？炎热的夏天里应该感觉很凉爽，可是冬天应该会冷吧。人们会在路上停下来盯着她看，觉得她很奇怪吗？海伦娜脑子里突然冒出一个想法：可能就是因为这个，外面那个讨厌的男孩才会用石头砸门吧，也是因为这样，韦斯科特先生才觉得对"男孩"有点儿抱歉。所有人都知道，如果你看上去跟其他人不一样的话，就会招来很多你并不

第十五章 伞

想要的关注。"男孩"打扮得如此与众不同,一定有什么重要的原因——至少她觉得是这样。

"零件呢,海伦娜?"父亲转过身对着她问道。

海伦娜觉得嘴里干得像沙子一样。"呃……我……我没拿到。"她的手无力地垂在身侧,说道。

"男孩"的眼神闪烁了一下,目光停留在海伦娜身上。

海伦娜的父亲直起背,长叹了一口气,问:"为什么没拿到?"

"我……我迷路了……我是说,斯坦利给我画的那张地图我给弄丢了……所以我就找不到那个钟表匠的店铺了。"海伦娜补充道,背上开始发热。

"你怎么会迷路呢?丽晶街离这儿不到一英里。你就没想到问问过路的人怎么走吗?"父亲的脸突然绷紧了,变得让她觉得有些陌生。海伦娜知道父亲想更严厉地批评她,因为"男孩"在那儿看着,所以父亲不敢这么做。她感觉到"男孩"的目光这会儿正落在她身上。友谊的花蕾在她们之间渐渐绽放,崭新而脆弱。海伦娜觉得可靠是一个朋友身上最重要的特质,可是她刚刚的表现恰好做了一个反面例子。一丝尴尬爬上了她的脸颊,她只能低头看着自己的靴子:"对不起,爸爸……

我……我明天再去取可以吗？"

"那可能太晚了。还有半个小时就到时钟检查的时间了。我希望韦斯科特先生在检查这个钟时不要太认真。我对你很失望，海伦娜。"父亲重重地叹了一口气。

"男孩"突然站了起来，离开房间朝楼上跑去。

海伦娜的目光追随着她，恨不得自己缩小，再缩小，然后消失在地板缝里，这样就看不到父亲脸上的失望了。

五点五十分的时候，韦斯科特先生和韦斯科特小姐准时站在这个放置着旅行钟和台钟的房间门口。凯瑟琳拿着一把黑色的雨伞，上面的雨水汇聚成一条条小溪流淌落在大厅的地板上。她身上的茉莉花香袅袅地飘进了她面前的这个房间。"今年夏天可真是有些反常。现在……我亲爱的侄女在哪儿呢？"她说。

"我在这儿。""男孩"盯着她父亲，回答道。海伦娜瞪大了眼睛。"男孩"的衬衫、裤子和靴子，换成了云朵般洁白的蕾丝裙和长筒袜。短短的头发被红色缎带发箍整齐地箍在耳后，白色的小皮鞋擦得锃亮锃亮的。

第十五章 伞

韦斯科特先生瞥了一眼他的女儿,眼睛里闪烁着愤怒,然后马上就把眼神移开了。

"男孩"紧紧抿着嘴唇,盯着她的父亲,她用目光在父亲身上寻找一种海伦娜不太明白的东西。

"看看你的女儿,埃德加。她看上去不好吗?"凯瑟琳看向她的弟弟,这会儿韦斯科特先生正往那座海伦娜父亲说需要一个新零件的木质台钟走去。海伦娜死死咬着下嘴唇,那正是她忘记带回来的零件。

韦斯科特先生侧着耳朵仔细听那座台钟,皱起了眉头。"这座台钟的嘀嗒声……听起来……好像比往常要轻一些。它……它不会停摆吧,会吗?"韦斯科特先生的脸颊看上去像铁一样灰沉沉的。

凯瑟琳大声叹了口气,摆弄着雨伞上的扣子。

"韦斯科特先生,我保证……这座房子里所有的时钟,都没有停摆的危险。"海伦娜的父亲说道,可下巴上微微颤动的肌肉背叛了他声音中的自信。

海伦娜咽了咽口水。

"你确定?"韦斯科特先生把目光投向海伦娜的父亲,问道。

海伦娜的父亲紧张地交叉着十指,用力地点了点头。

当韦斯科特先生盯着台钟那有些不同寻常的钟面时,眼睛里流露出一丝恍惚。钟面上一连串的圆环显示着月相和黄道十二星座。"听说这座台钟曾经属于艾萨克·牛顿爵士。"他喃喃道。

一丝惊讶从海伦娜父亲的嘴上掠过。

"牛顿发现了重力法则,他在科学和逻辑领域是位巨人……是值得极大赞赏的。"韦斯科特先生小声说道。他站直身子,回过神来面对着他们。他的脸上毫无血色。"我说,这座房子里的任意一个钟表,在任何时候都不允许停摆。永远不能。如果它们停了……"他停顿了一下,摸了摸自己的脖子。

海伦娜沉默着,希望他继续往下说。为什么这座房子里的时钟不能停摆?她就是不能理解这一点。韦斯科特先生到底在害怕什么?

"哦,埃德加……说真的。我们为什么要没完没了地讨论你的这些时钟呢?"凯瑟琳说道。她挥了挥手腕,打开手中的雨伞抖了起来,水滴像液体的钻石那样四处散落。

"凯瑟琳!"韦斯科特先生的叫声震慑了整个房间的人。

"男孩"往后退了一步。

海伦娜的父亲不小心撞到了一张桌子,把桌上的时钟撞

第十五章 伞

得摇摇晃晃。

海伦娜一把抓住父亲的胳膊。

凯瑟琳砰的一声把伞掉到了地上。

韦斯科特先生大步朝凯瑟琳走过去,捡起掉在地上的那把雨伞,笨拙地想把它收起来。

"我……对不起,我不是……"凯瑟琳的脸颊瞬间变红,她想找到合适的词来为自己解释。

韦斯科特先生的眼睛里燃起了怒火。他铁灰色的面颊蒙上了一层淡淡的青色,好像是晕船了那样。"永远不要再在我的家里做这种事。"他咬牙切齿地说完,大步离开房间,水滴从他身后的雨伞上滴滴答答地落下。

"男孩"和海伦娜迅速交换了一个担忧的眼神。

凯瑟琳从口袋里掏出一块手绢,擦了擦湿润的眼角。

海伦娜的父亲朝她那边走了一步,说:"别担心,韦斯科特小姐。一点儿水珠不会损害这些时钟的。"

凯瑟琳把手帕塞进袖子里,优雅地吸了一下鼻子,向海伦娜的父亲浅浅地笑了一下。"我不是担心那些钟。"她朝韦斯科特先生离去的方向望去,有些紧张地说道。

海伦娜从父亲的工具箱里拿出一条毛巾,弯下身子擦掉地板上掉落的水珠。

凯瑟琳皱着眉头："不，不，不。请停下来。"她示意海伦娜赶紧站起来。她用戴着手套的手轻轻地碰了碰海伦娜的下巴。手套的皮料很软，凯瑟琳的手指触碰在她的皮肤上，感觉比耳畔的私语还要轻。"你活着不是为了跟在别人后面擦地板，你知道吗？"凯瑟琳的声音和表情突然变得有点儿凶，就像是一头母狮子在保护它的幼崽。

"啊……对不起……是。"海伦娜把毛巾攥进手里。凯瑟琳的话是什么意思？在家的时候，她虽然不需要做饭，可是她接替了母亲的角色，需要洗衣服、换床单、拖地。不然还能怎么办呢？

"你也一样。"凯瑟琳看了一眼"男孩"，说道。"男孩"揉了揉鼻子，一脸迷惑。凯瑟琳把手指从海伦娜的下巴上放了下来，从她手上接过毛巾，弯下身去，自己擦干了地上的水渍。随后，她直起背来，把湿毛巾递给海伦娜的父亲。这会儿，他正因为凯瑟琳的举动而感到有些不安。她摘掉有些潮湿的手套，整理了一下裙子："好了，鉴于我弟弟今天晚上有些不太舒服，接下来你带我检查剩下的时钟吧，格雷厄姆先生？"

海伦娜的父亲把毛巾放回工具箱里，搓着双手："是的……当然，韦斯科特小姐，这是我的荣幸。"

第十五章 伞

"也许我们可以从……落地大摆钟的那个房间开始？我很想看看那些机械装置，看看它们是如何运转的，确定一切正常。而且我觉得，看看是怎么给它们上发条的，也很有意思。"

海伦娜的父亲用力地点了点头，伸出手示意，为凯瑟琳带路，往那个每小时都会让整座房子回响起叮叮、当当、砰砰声的房间走去。

凯瑟琳冲海伦娜和"男孩"粲然一笑，离开了房间，裙摆如秋日的落叶一般沙沙作响。

这可真是个奇怪的夜晚，海伦娜心想。韦斯科特先生的行为看上去更古怪了。可怜的凯瑟琳，竟然有这样一个冲她大喊大叫的弟弟——就因为地上有一点点水而已，真叫人害怕。"男孩"也很可怜。可能这就是为什么她妈妈要去国外度一个超长的假期吧。也许自己能帮"男孩"给妈妈送个消息，告诉她应该赶紧回家，"男孩"不能独自一人跟父亲待在这个家里。海伦娜觉得，韦斯科特先生可能是疯了。

第十六章

书的迷宫

海伦娜正准备上床睡觉的时候,听到她窗户下的正门传来"砰"的声音。她悄悄从两块窗帘之间的缝隙望出去,看到韦斯科特先生和前几夜一样,坐上了一辆马车。嗒嗒的马蹄声中,马车消失在夜幕沉沉中。他为什么总是要晚上出去呢?要是他能花更多的时间跟"男孩"在一起,少出去一点儿,也许他们都会更开心吧。

海伦娜跪在地上打开盖着奥比特笼子的遮光布,将手伸进笼子抚摸着它的脖子。"这是一个相当不快乐的家庭,奥比特。我担心这会把爸爸拉得离我们越来越远……而且,我也一点儿都不喜欢这样。"奥比特轻声应和着。"妈妈不会让这样的事情发生的。"海伦娜呢喃着。

"妈妈爱海伦娜。妈妈爱海伦娜。"奥比特弯着脖子，轻轻地蹭着海伦娜的手指。小小的房间里充满了母亲爽朗的笑声，把海伦娜肺里的空气都挤出来了。她闭上眼睛，坐到自己的脚后跟上，喉咙有些痛。以前，她和母亲总是蹦蹦跳跳地走过人行道，去父亲的工作坊找他。

"有人在盯着我们看哟。"海伦娜气喘吁吁地说道。

"让他们看吧。"母亲笑得就像太阳一样耀眼，"要是我们连蹦蹦跳跳这样开心的事都不能做的话，活着还有什么意思呢？"

海伦娜跟着母亲一起笑了起来，她紧紧地抓住母亲的手，不管路人发出的啧啧声和注视的目光，两人沿着城市街道飞奔。

海伦娜用睡裙的袖子擦了擦眼角，对奥比特说了声"晚安"，轻轻地把遮光布盖上。她把笼子抱在怀里，将脸贴在遮光布上，感受着奥比特在夜里休息时发出的轻微的颤动。她突然有一个强烈的愿望，想父亲给她一个满满的拥抱，想闻闻像一条忠实的狗那样围绕着他的钟表机油的味道，但是她不敢跟父亲说。当沉浸在机械世界里时，他是不会理会这种无聊的要求的。海伦娜突然觉得，当下最紧急的事情就是找到"男孩"的母亲。也许她能改变这幢奇怪的房子里发生的那些事情。每次"男孩"和她的父亲待在一个房间里的时候,韦斯科特先生都表现得像她根本不在那儿一样。为什么会那样呢?她很好奇"男孩"知不知道她的父亲夺走了福克斯先生一家所有的财产。她在想,要是"男孩"知道福克斯一家马上就要被迫搬到济贫院去的话,她也会像自己一样乐意帮助他们的吧。

父亲熄灯之后,海伦娜悄悄地沿着走廊朝"男孩"的卧室溜去。她半道停了下来,注意到墙壁上一盏闪烁的电灯下面,又钉着一张纸,上面画着飞行器。只是这张图看上去更像一张示意图,因为机器所有的组成部分都被标记出来了:机翼、螺旋桨、方向舵,还有发动机。这到底是给谁准备的?"男孩"房间的门微微开着,里面没开灯。有柔和的嗓音从走廊尽头那扇关着的门底下传出来。海伦娜蹑手蹑脚地往前走去,这次,她把耳朵紧贴在木门上,不过她倚上去时弄出了轻微的声响。假装在到处闲逛,这里听一句、那里听一句其实并没有什么意义。所有在这幢房子里发生的事情都需要找到答案,而找到答案的唯一办法,也许就是要更大胆一些。

门猛地开了,她往前扑进了房间里,扑通一声跪倒在地上。

"啊。"海伦娜惊慌地叫道,背脊上有些发热。

斯坦利俯视着她,衬衫的袖子卷到了胳膊肘,脸上露出了

第十六章 书的迷宫

兴奋又明亮的神色。

"海伦娜,"他轻声喊道,"真高兴你能加入我们。"他这样说,就好像海伦娜是被邀请来参加一个什么茶会似的,他似乎完全没有意识到时间已经很晚了。只是海伦娜根本没受到邀请,这里也没有放着茶杯和切成小块的蛋糕的托盘。

海伦娜赶紧站了起来,血一下子冲上了脑袋。她站在一个放满了书籍的房间里。四面墙跟前都堆着一摞一摞的书,都快堆到天花板了。这些书不仅靠墙堆着,还被排成齐肩高的一列列,把整个房间划分成了一个巨大的棋盘。海伦娜踮起脚,看见房间正中的地方有一个稍大的空间,放着一块小小的单独立着的黑板、两把椅子和一张木课桌。"男孩"正坐在课桌前,扬起眉毛,十分惊讶。

"能请你帮我们关上门吗?我们不想打扰到家里的其他人。快过来吧,小心你周围的书。"斯坦利示意她跟上来。

海伦娜轻轻关上门,绕着弯弯曲曲的由书垒成的迷宫来到房间中央,一路上胳膊肘还不小心地碰到一两本书(她力图把它们推回原位,担心如果她不这么做的话,整个房间就会像巨型的多米诺骨牌一样,瞬间在她身边倒塌)。

"男孩"一脸期待地望着斯坦利。他匆忙跑回黑板前站定。黑板上用连笔字整整齐齐地写着一排排数学等式，周围的地板上散乱着许多揉成团的纸。

海伦娜皱着眉想，那个不允许讨论在房子里所见怪事的要求现在是不是可以完全置之不理了。"你们怎么……怎么这么晚还在上课呢？"

斯坦利拿起一块抹布，擦掉了黑板右边的等式。他抖了抖手上的抹布，粉笔灰弥漫在空气中。

海伦娜咳了起来。

斯坦利忽略了海伦娜问的问题，反而问海伦娜："你可以保守这个秘密吗？我想你肯定可以，要不'男孩'也不会那么信任你。"

海伦娜瞟了一眼"男孩"，觉得有股小小的快乐环绕在自己身旁。"男孩"的信任听上去十分难得，而且值得拥有。"我可以……我可以保守秘密。"她说道。在此之前，她要保守的秘密好像就只有像生日惊喜或者圣诞礼物这样的了。她有一种强烈的预感，这座房子里的秘密，可能非同寻常。她的手心冒了很多汗，她只好在睡衣上擦了擦。

斯坦利清了清嗓子，看了一眼"男孩"。

"男孩"轻轻点了点头。

第十六章 书的迷宫

"你知道的,几个月前,韦斯科特小姐请我来当家庭教师。教'男孩'是一件很愉快的事情。她在许多科目上都表现出了她的才能。她在工程这个科目上表现得格外突出,尤其是在航空方面,这也是我特别感兴趣的领域。"斯坦利骄傲地看了"男孩"一眼,就像父母看自己的孩子那样。

"男孩"咧开嘴大笑起来,海伦娜之前从来没见她这样笑过。她的脸看起来都跟以前不一样了,就像星星那样明亮。

斯坦利突然严肃起来,说道:"随着其他员工的离开,韦斯科特先生家里的日子可不好过。"

海伦娜想起斯坦利那本快翻烂了的《比顿太太的家务管理手册》。这一刻,她意识到斯坦利在这个家里扮演着多么重要的角色,不仅要辅导"男孩"的功课,还得填补那些离开的工人的位置。

"我下定了决心,尽管还有其他一些意想不到又不得不做的家务,我也还得继续保持自己的学习,我依然会按照约定的那样,给'男孩'上课。她会有了不起的成就——就像她姑姑所希望的那样。"斯坦利指着黑板说,"我们在晚上一直学习关于飞行原理的知识。你听说过莱特兄弟和他们的飞行器吧?"

海伦娜点点头,脑子里想着钉在墙上的那些画。

"就像我父亲研究汽车那样,设计飞行器这个课题也是非常新颖和大胆的。想象一下鸟儿的翅膀,它们的力量和潜能。有一天,也许我们都可以在空中飞翔,飞到另一个地方去,就像你漂亮的鹦鹉一样。"斯坦利充满期待地说。

"可是……这……这听上去不可能,"海伦娜说,"莱特兄弟在空中飞行都没超过两分钟。"

"不可能?海伦娜,这个世界上没有什么事情是不可能的!"斯坦利说道,"想象一下,如果世界上所有伟大的发明家都有那样的想法,会怎么样呢?奥斯汀先生和我父亲坚信终有一天汽车会普及,每个人都可以乘坐。那么为什么飞行器就不行呢?众所周知,往往是这些微小的想法把不可能变成了可能。"

海伦娜盯着他,努力去理解他刚刚说的话,然后转身朝"男孩"的课桌走去。"我一再发现的那些画着莱特兄弟飞行器的图,是你画的吗?"

"是的。""男孩"咬着铅笔头说道。

"它们真的画得很好,可是你为什么要把它们钉在墙上呢?"海伦娜问道。

"男孩"瞟了一眼斯坦利。

"'男孩'的画显示出她具有很大的潜力,但是韦斯科特先

第十六章 书的迷宫

生这会儿不欢迎她的潜力。事实上，很多东西他都不欢迎。"斯坦利的声音发紧，表达着不认同。

海伦娜想起来，当韦斯科特先生去检查钟表的时候，"男孩"总是期待地望着他，可他的目光总是被那些时钟吸引，很少好好看看女儿。海伦娜想，"男孩"把她的画钉在墙上，是想让父亲看到。这真让人难过。

"男孩"低下头，开始给一架飞行器的机翼画阴影。"我们给莱特兄弟写了一封信，"她说，"我们已经设计出一种方案，可以让他们的飞行器在空中停留更长的时间。"

"但……是什么样的方案呢？"海伦娜问道。这听上去不可能。一个年轻的家庭教师，一个十二岁的小姑娘，怎么可能比两个世界上最知名的发明家知道得更多呢？

"九月份，我就会去剑桥大学学习机械学。"斯坦利的脖子一下红了，"我会是我们家第一个上大学的人，可是我的父母至今还有些困惑，也不太同意。我父亲是在工作中学习他的手艺的，可是我希望学到一些事物的原理，正确地理解机械是怎么运作的。飞行是我感兴趣的领域之一，看起来，这个兴趣好像也传给了'男孩'。韦斯科特小姐对我们的发现十分赞赏，她完全支持我们为之努力。"他的声音里充满了骄傲。

海伦娜的眼睛睁得大大的。她还记得，斯坦利告诉过她，因为这座房子里丰富的藏书对自己的学业有帮助，所以他才接受了来这儿工作。他不仅仅是个家庭教师，他马上就要去世界上最知名的大学之一去学习了，这说明他一定非常非常聪明。她对斯坦利的崇拜越来越强烈了。

当斯坦利和"男孩"正兴致勃勃地为他们宏大的计划努力时，海伦娜考虑的只是韦斯科特先生的所作所为给福克斯一家带来的困境，以及那个一直悬在海伦娜和她父亲头上的威胁。海伦娜感觉到左眼皮跳了一下。她得搞清楚"男孩"知不知道她父亲那些完全不合理的行为背后的原因。要是告诉"男孩"关于他们签署的合约的一切，又意味着违反了韦斯科特先生定下的规则。如果韦斯科特先生发现她告诉了斯坦利和"男孩"他们之间的协议，她可能就得跟奥比特和他们所有的财产说再见了。斯坦利说过，"男孩"很信任她。但是，她可以相信"男孩"吗？

第十七章

机械零件

"不，我爸爸不会干这种事儿的。""男孩"站了起来，把椅子往后推了一下，结果椅子把一摞书碰倒了。书一摞接一摞倒下，它们全都散落在地上，一片狼藉。

"哎，小心点儿！"斯坦利喊道，跌跌撞撞跑过去接住那些掉落的书，"别说了，你会把整幢房子里的人都吵醒的！"

"我爸爸绝对不会夺走任何一个家庭的财产。他也不会跟福克斯先生或者你爸爸签署那样的合约。""男孩"喊道，完全不理会斯坦利让她安静下来的请求。

斯坦利试图阻止更多的书掉落，却引发了一场多米诺骨牌效应，书像瀑布一般一本接一本地掉在地板上。

"可是他真的这样做了。"海伦娜简短地回应道。

"男孩"抱起双臂,说:"你不了解我爸爸,他是一个很好的人。"

海伦娜身上的汗毛都竖起来了。可惜他不是,真的不是,海伦娜想。"男孩"为什么看不到这一切?"你妈妈待在法国。你爸爸对你姑姑的态度很恶劣。他还总是忽视你,以及你画的那些画。'男孩',到底发生了什么?"

"男孩"紧紧地抿着嘴唇,没有反驳。这让海伦娜觉得,她一定有更多的秘密。

海伦娜指着房间四周垒起来的书说:"这些书应该放在藏书房的书架上,而不是堆在这里,给那些时钟腾地方。为什么你爸爸如此执着于让那些时钟一直运行呢?"

斯坦利还在那儿捡拾掉落的书籍,能听见他在粗重的呼吸中喃喃自语。

"男孩"咬着下嘴唇,也弯下腰去捡了几本书。

一阵热浪在海伦娜的胸膛里升腾起来,她转身爬到一堆书上面,又滑了下去,顺着书滑到门口。海伦娜觉得,把"男孩"当成盟友,可能是她想错了。现在海伦娜只希望"男孩"不要跑到她父亲或者姑姑面前,说自己告诉了"男孩"关于守钟合

第十七章 机械零件

约的事。要是"男孩"真的去说了,她和父亲就会遇到大麻烦。

海伦娜在自己的房间里来来回回地踱着步。"男孩"完全不相信她的父亲会制订那样的合约,或者真的夺走福克斯一家的财产。海伦娜绝对不能让可怜的福克斯一家因为韦斯科特先生的所作所为而真的到济贫院去。而且,她也得确保父亲不会让同样倒霉的事情发生在他们自己身上,这就意味着,她得去寻找一些答案。

穿上羊毛开衫,海伦娜打开了卧室的房门。她沿着月光照亮的楼梯,蹑手蹑脚地往下走,时钟嘀嘀嗒嗒的声音盖过了地板偶尔发出的嘎吱声。

她先来到放着怀表的房间,打开每一块表,看看是不是有更多信息隐藏在夹层里。

然后她又溜进了放着落地大摆钟的房间,站在一座有着圆脸摆锤的钟前,这似乎是韦斯科特先生特别在意的一座。这个房间冷清得像墓地一样,似乎不那么欢迎人们进来。她揉了揉鼻子。这座钟给她一种似曾相识的感觉,但这种感觉一下就溜走了,这就像你试图去抓住一条鱼一样。摆锤在黑暗中来回摆动，让人觉得有些毛骨悚然，天使般的圆脸像是在回看着她。这些时钟开始半点报时，把海伦娜吓了一跳。她觉得自己永远都不会习惯这样的报时钟声。钟声在海伦娜的脑海中久久回荡，就像一次持续时间太长的令人难受的谈话一样。随着声音逐渐消散，她把手摁在还在剧烈跳动的心脏上。她得快点儿了，千万不能被夜间神秘出行归来的韦斯科特先生抓住。她在一楼韦斯科特先生的书房门口驻足。门缝里没有光线漏出来，她也没听见韦斯科特先生回来的声音。他晚上到底去哪儿了？她轻轻地拧了一下门把手。当然，门是锁着的。

"海伦娜？"

海伦娜回过头去，飞快地用手捂住了嘴巴。是斯坦利。"我只是……我只是……"她喘着气说，心脏在胸膛里怦怦地跳着。

斯坦利手上拿着一支铅笔。"我正在厨房里学习呢，听到了一些动静。你是睡不着吗？"他说道。

海伦娜摇摇头，心脏慢慢恢复到正常的跳动速度。

"来吧，我给咱们热一点儿牛奶。晚上我睡不着的时候，我母亲经常这样做。"斯坦利冲海伦娜微微一笑，转身消失在通往地下室的楼梯处。

第十七章 机械零件

海伦娜瞥了一眼其中一座落地大摆钟。晚上十一点了，斯坦利还在学习，这会儿大多数人已经进入了甜甜的梦乡。就在刚才，他还在那个堆满了书的房间里教"男孩"数学等式，讨论飞行器。一切在这座房子里发生的奇怪的事情，突然如同阴云一般压在海伦娜的肩膀上。她小声地叹了口气，跟在斯坦利后面。

斯坦利站在炉灶边上，用一只平底铜锅热牛奶。他用一只木勺搅着牛奶，一圈圈的波纹，让人觉得有些催眠的效果。

海伦娜倚墙站着。厨房的桌子上堆着皮面装订的书籍和一堆草稿纸，上面写满了整齐的笔记。她想，斯坦利辛辛苦苦争取到一个去剑桥大学念书的机会，他在这里给"男孩"当家庭教师，也是为了挣钱供自己上学。"斯坦利，你干吗要给所有人做饭，还要打理房子里的其他事情呢？你干吗这么努力讨好韦斯科特先生，尤其是……他根本一点儿也不感激你的付出？"

斯坦利低着头，看着牛奶，笑了："这一切在你和你父亲看来，一定奇怪极了。"

海伦娜点点头。

斯坦利回过头来望着她，说："汽车和飞行器都是由许多不同的机械零件组成的。有时候这些零件坏了，就需要修理。

我母亲经常跟我说,人也跟这些机器一样……他们有的时候也需要修理修理。"

"你是在说……韦斯科特先生和'男孩'?"海伦娜问道。

斯坦利点点头,把平底锅从炉灶上拿起来,将煮沸的牛奶倒进两只锡质的马克杯里。

"可是你听到我跟'男孩'说的话了吧,关于韦斯科特先生和我爸爸签署的合约……还有他对福克斯一家干的那些事情。韦斯科特先生根本不是个好人……他这人讨人厌……又恐怖……而且,他老是在大晚上出门……"海伦娜说道。

"呃,但是,"斯坦利打断了海伦娜,"在你更深入地了解一个人之前,就断定一个人的性格或者他的处境,这可没什么好处。人们以他们的方式行事总有原因的,这些原因常常在时过境迁之后才慢慢浮现出来。韦斯科特先生对待福克斯一家很残忍,可是,也许他这么做也是有原因的。"

"好吧,可是我真的想不出来有什么好的理由让韦斯科特先生更喜欢那些钟而不是他的亲生女儿,以及那么恶劣地对待福克斯一家。"海伦娜一边说,一边从斯坦利手中接过马克杯,轻轻吹着杯子里的热牛奶。

斯坦利喝了一口牛奶,盯着海伦娜:"我不知道等我进入

第十七章 机械零件

大学之后情况会是什么样子。我觉得其他学生可能都跟我不一样，他们肯定有一些我没有的优势。现在，看看那些的确有一些优势的人，就像韦斯科特家族这样的，他们的生活可能也充满了困扰。韦斯科特先生的眼底有一种奇怪的哀伤。在他女儿的眼里，我也看到了。其实这不关我的事——我只是做好我的本职工作，在这儿的时候尽力帮助他们而已。"斯坦利向海伦娜笑了笑，"人在看到别人需要帮助的时候都会拉一把的，不是吗？"

海伦娜点点头，想起在母亲去世之后她和父亲收到的所有那些小小的善意——一顿顿热气腾腾的饭食，还有那些帮他们洗衣服和打扫卫生的人……斯坦利说得对。也许她需要更善解人意一点儿。

"海伦娜，今天晚上跟你聊得很开心，但是我必须回去睡觉了——早上我还有很多事情要做。"斯坦利倦得眼皮都快合上了。他夜以继日地为这个家庭工作，尽管这个家看起来一点儿也不像一个家。

"等我喝完，我会把马克杯和煮牛奶的锅洗干净的。"海伦娜说道。

"不用，让我来吧。"斯坦利阻止道。

"我来,"海伦娜坚定地说,"你赶紧走吧,快点儿。这又花不了我多少时间。"

"好吧,你要是这么坚持的话。"斯坦利感激地说道。

"当然。"海伦娜笑了起来。

海伦娜用毛巾擦干手,转头打量着整洁的厨房。她憋回去了一个哈欠。这可真是漫长而又充满意外的一天,她得去睡觉了。正当她要转身离开的时候,一阵光闪烁了一下,照亮了厨房,随后又暗了下去。

海伦娜皱了皱眉头,朝黑乎乎的窗户看去。

是脚踩在石子上的声音。

有人站在韦斯科特先生的花园里——还提着一盏灯。

海伦娜在地下室的窗户前踮起脚。她太矮了,看不到地上花园里的景象。会是韦斯科特先生吗?要是他从外面回来了,为什么大半夜还在花园里呢?斯坦利好像对韦斯科特先生晚上出去这件事毫不关心。要是海伦娜能跟着他,也许她就能发现他为什么会有如此奇怪的举动了。

第十八章

明信片

海伦娜轻轻打开后门，蹑手蹑脚地走上通往韦斯科特先生家花园的石阶，把整片沐浴在月光下的草坪都扫视了一遍。这可是她第一次到花园里来，从前，她只从楼上的窗户俯视过。

柔白的月光洒在植物的绿叶上，树枝在风中摇曳，发出窸窸窣窣的声音，就像在打招呼一样。一只孤单的兔子在阴影里跳来跳去。她很高兴有小兔子相伴，这会儿她的眼睛正跟着靠近花园围墙的光点移动。贴着阴影，海伦娜一鼓作气踏过了剩下的石阶，冲过了有些过高的草丛，小草扎得她裸露在外的脚踝发痒。那个光点突然一下变得更亮了，然后就消失了，就像被巨人的大嘴吞掉了一样。

她绕过一个弃置的没有水的石头喷泉，经过一张木长凳，凳子上的油漆已经一道一道地剥落，就像斑驳的皮肤一样挂在上面。她躲在一排树后面，心跳越来越快。藏在房子后面的，是一座单层的砖砌建筑——一个很老旧的马厩。现在里面已经没有马了，只有一个铺满鹅卵石的小院子，还有三扇马厩门。其中的一扇门上半部半开着，里面闪烁着灯光。海伦娜悄悄靠近那扇半掩着的门，然后弯下腰来，蹲在下面。乒乒乓乓的声音从马厩里传出来。她脑子里突然冒出来一个想法。韦斯科特先生会把福克斯一家的东西藏在这儿吗？也许她应该挺身而出，让他把那些东西赶紧还给福克斯一家！一想到他那双蓝宝石一般锐利的眼睛，海伦娜立刻打了个寒战，便打消了这个念头。

咚咚。"打扰了。"一个声音轻声说。

海伦娜愣住了。一股熟悉的茉莉花香从马厩的门缝里飘了出来，钻进海伦娜的鼻子里。是凯瑟琳·韦斯科特。海伦娜的双手马上变得又热又黏。

"它们在哪儿呢？"凯瑟琳喃喃道。茉莉花香变得更浓郁了。她正在靠近那扇半掩着的门。

海伦娜不声不响地深吸了一口气，匆忙小跑到马厩的一

第十八章 明信

侧,躲在一个巨大的、倒扣着的花盆旁边。

更多的敲击声和在地板上拖曳东西的声音传来。凯瑟琳·韦斯科特在干什么呢?

然后又传来"砰"的关门声。凯瑟琳·韦斯科特退回到黑暗中,提灯在她右手上晃荡。

贴着分隔韦斯科特先生家的花园和邻居的高墙下的阴影,海伦娜偷偷地跟在凯瑟琳后面。她停了下来,看着凯瑟琳径直走过房子,上了一条通往特兰平顿大街的小路。侧门开着,路灯的光芒像刀锋一样刺向人行道。海伦娜听到马儿打响鼻的声音,看到一辆马车正在路边停着。她把背紧紧贴在墙上,手掌抵着又凉又脏的砖块。凯瑟琳·韦斯科特大半夜偷偷溜进她弟弟的花园里。海伦娜觉得,人们只有在做那些想隐藏起来的事情时,才会在黑暗中鬼鬼祟祟地行动。

海伦娜被楼下房间里传来的一阵巨大的抽吸声和碰撞声吵醒了。

"嘀嘀嗒——嘀嘀嗒——咕咕。"奥比特在它的遮光布底下叫着。

她从床上蹦了起来，拉开窗帘。早上七点半刚过一会儿，已经有一小群围观的人聚集在韦斯科特先生房子外面的人行道上了。

斯坦利站在台阶上，脸上挂着灿烂的笑容，他正指挥着一个站在梯子上，拿着一根粗管子的、身穿红色制服的工人。海伦娜顺着长长的管子看过去——一辆车厢侧面印着BVCC（英国吸尘器公司）的红色马车停在路边。

有人急促地敲了敲房门，然后闯了进来，是海伦娜的父亲，只见他一脸喜悦。"韦斯科特先生约了布思的清洁车过来，要给那些放着钟表的房间除尘。快点儿，海伦娜！我们得赶紧去守着，免得那些钟表被弄坏了。我可听过很多关于那台机器的'伟大事迹'，你能相信吗，一台机器，竟然能除掉房间里所有的灰尘！谁能想到还能这么干？"

海伦娜匆匆穿上裙子，鞋带都没系好，就冲下楼去了。

"男孩"站在放着落地大摆钟的房间门口，脸上露出着迷的神色。"你之前见过这种东西吗？"她轻声对海伦娜耳语道，仿佛已经把头天晚上她们之间不愉快的对话抛到九霄云外了。"斯坦利在伦敦的一家报纸上看到过这台机器的广告。当父亲看到它时，他说一定得快点儿把它带到剑桥来，清理这些摆满钟表的房间。"

另外一个穿着红色制服的男人站在钟表房里,把管子的末端从敞开的窗户引进屋里,在地板上吸来吸去(反正在海伦娜看来,地板上几乎已经一尘不染了)。

"当心那些钟!当心那些钟!"海伦娜的父亲大声喊道。这会儿他就像只母鸡一样,在房间里拍着翅膀转来转去,十分有技巧地用自己的身体将时钟与那根管子隔开。

海伦娜能感到喉咙里发出咯咯的笑声。

"扑哧"一声,"男孩"也笑了起来。

她们对视了一眼,海伦娜咧嘴一笑:"不,我这辈子还从来没见过这么奇怪的事情呢。"

"男孩"稍稍收起了笑容,揉了揉鼻子。"你昨天夜里说的……我只是很难相信,我爸爸竟然能干出那样可怕的事情。"她轻声说。

海伦娜向"男孩"靠近了一点儿,直到碰到她的胳膊,然后说道:"对不起,'男孩'。可我说的是真的。"

"男孩"把手揣进裤兜里,说:"你要不要跟我一起来?我想给你看些东西。"

海伦娜点点头,跟着"男孩"走进了隔壁放着怀表的房间。"男孩"关上门,走到窗户边上站定,从口袋里取出一张卡片,递给海伦娜。那是一张明信片。明信片的正面印着一幅画,画中有一位撑着宝石红阳伞站在山上的女士,她透过棕榈树眺望着山下湛蓝的大海。明信片上方印着白色的花体字:帝国酒店,蔚蓝海岸。海伦娜把明信片翻了过来,读着背面写的话。

1905年5月12日
我的宝贝们:

希望下个月我就能回家了!我非常非常想念你们两个,而且现在终于开始恢复体力了。我一直在惦记着你们,可是我不想让你们担心。我都有些等不及要跟你们团聚了。我很快会再给你们写信,告诉你们我的行程安排的。

深爱你的,
妈妈

"三个星期又两天之前,我收到了妈妈的这张明信片,可从那之后,我就再也没有收到她的任何消息了。""男孩"有些痛苦地说道,"我每天都等着邮递员来……可是,连一句话都没有。"

"你爸爸肯定也十分担心。他说什么了吗?"海伦娜问。

"我想跟他说说这件事来着,可是凯瑟琳姑姑让我别去打扰他。她说,我爸爸一直不太舒服。""男孩"说道。

海伦娜把明信片还给"男孩"。它的边缘和折痕处都皱皱巴巴的,像是被人摩挲了好多次。

"你妈妈的名字是伊万杰琳吗?"海伦娜问道。她突然想起前几天夜里,听到韦斯科特先生在某一个钟表房里喃喃自语。

"男孩"皱着眉头问:"怎么了?"

"前天晚上,就是奥比特逃出来的那天晚上……我不小心听到你爸爸说了这个名字,"海伦娜说,"他还说了你的名字。"

"这么说,他还是想着妈妈的。""男孩"说道,黯淡的眼神突然亮了起来。

"当然了,他必须想着呀!当有人不在了的时候,你完全控制不住自己去想念他们。"海伦娜肯定地说道。

"可是我觉得,妈妈好像已经消失在空气里了。""男孩"叹着气说道。

"她为什么要去法国?"海伦娜问,"她在明信片上说,她已经开始恢复体力了。"

"她是去接受矿泉疗养的。""男孩"扭头望着窗外说道。

"所以,她是……是……生病了吗?"海伦娜问道。"男孩"的妈妈是生病了吗,就像自己的妈妈以前那样?

"也不完全是。""男孩"折起明信片,放进口袋里。

海伦娜叹了口气。跟"男孩"聊天,总是像在跳一支奇怪的舞蹈——往前进一步,然后再退两步。"也许,我们可以去镇上的邮局,给酒店发一封电报?"

"斯坦利已经帮我做了这件事。""男孩"说,"我们收到一个答复,说她已经走了。他们也不知道把电报转到哪里去。"

"好吧。"海伦娜皱起了鼻子。太奇怪了,而且真让人担心。

"给你。"斯坦利冲进房间说,手上拿着一只柳条编的篮子。"给福克斯一家的。"他朝篮子点了点头,"你能帮我个忙吗?把这些吃的给福克斯一家送去。麻烦告诉他们,对于他们现在的艰难处境,我感到很难过,我愿意尽一切努力帮助他们。福克斯先生是个好人。"他把篮子塞到海伦娜手中,然后说道:"请帮我问候福克斯先生,还有,告诉他,我真的……很难过。"

海伦娜紧紧握着篮子的提手,仍然希望福克斯全家还没有被遣送到济贫院。

第十八章 明信

"你也觉得让福克斯一家失去了他们所有的财产……是我爸爸的问题?""男孩"小声问道。

"是的,我是这么觉得的。"斯坦利平和地回答道,"但是我昨天晚上也跟海伦娜说过,也许他是有他的原因的。我不相信你父亲是这样残酷的一个人。"

"男孩"挺直了背,把手插进裤子的口袋里:"那我也跟海伦娜一起去拜访福克斯一家。"

斯坦利的脸瞬间流露出惊恐的神色:"可是……你已经有好几个礼拜都没出门了……你确定……"

"我必须看看,我爸爸到底对这家人干了什么。""男孩"坚决地说。

海伦娜冲"男孩"笑了一下,很高兴她能改变自己的想法。她们会去福克斯一家稍作拜访,然后她还能去取回昨天忘了的钟表零件,这也许能让她父亲高兴一会儿。一想到她们到了福克斯先生的商店后可能碰到的情况,想到当"男孩"知道自己父亲那些可怕又不可理喻的行为带来的后果时的反应,她就不由自主地咬紧了牙关。她觉得有点儿害怕,但她也知道,这不是懦弱胆怯的时候。她只是希望,去拜访福克斯先生一家,能让她们朝着真相迈进一步。

第十九章

桥

海伦娜觉得,当她和"男孩"走在镇中心的大街上时,她们这一对看上去肯定是挺奇怪的。一个穿得像男孩的女孩,带着一个装着鹦鹉的布袋,还有一个挎着装满食物的篮子的女孩。

奥比特的眼睛十分明亮,它的小脑袋随着眼前的景象和声音转动着:突突行驶的小汽车里坐着衣着光鲜的男男女女,穿着短袖的学生们骑着自行车飞驰,鸟儿在树上鸣唱,仿佛在空气中撒下了一把银丝线。

"漂亮的妈妈,矮胖子,都一起跌倒。"奥比特看到一个戴着饰有红色浆果的奶油色帽子的女士走过,尖声叫着。女士回过头来看了奥比特、海伦娜和"男孩"一眼,用戴着手套的手捂住了张开的嘴巴。

第十九章 桥

海伦娜强忍住了笑意。

"男孩"却笑了出来,咧着嘴,呼吸着苹果般清爽的空气。

她们继续走在特兰平顿大街上,经过了一幢黄油色的石头建筑。海伦娜觉得那像一座小小的城堡,因它有着凹凸状的短墙和拱形的窗户。"这也是大学的一个学院吗?就像彼得学院一样?"海伦娜盯着一扇敞开的门上的石雕徽章,问"男孩"。

一位站在入口处、戴着高顶礼帽的男士听见了,告诉她说:"是的,这是彭布罗克学院,小姐。"他稍稍挺起胸膛,就像奥比特有时候想给别人留下深刻印象时所做的那样,"这里培养了一部分全国最优秀的人才,包括英国史上最年轻的首相——小威廉·皮特,他上任时只有二十四岁。一百多年前,他带领大不列颠在战争中对抗拿破仑和法国。"

海伦娜点头向那位男士致谢。也许这些大学真的就是某种意义上的城堡——是让它们的学生远离外界的堡垒,这样他们就能在里面学到许多伟大而重要的东西,然后能在其后的人生里去实践。她想起了斯坦利想去剑桥学习的雄心壮志,想起他还要帮助莱特兄弟改进他们的发明,还有他对自己跟其他学生不一样的担忧。他有那样坚定的决心,还关心他人,值得一个更好的未来。

"你为什么对莱特兄弟那么感兴趣呢？"她们穿过彭布罗克大街的时候，海伦娜问道。

"你真的想知道吗？""男孩"一边说，一边轻轻摸着奥比特的头冠。

"其实，我不太懂科学方面的事情，我爸爸对我在格兰杰老师的数学考试中的表现也很不满意，但我还是挺感兴趣的。你的画画得非常好。"海伦娜说道。

"男孩"的脸上悄悄爬上了红晕："我从来没去过学校，但是妈妈走之前，我有一位女家庭教师。当然，她无意教我那些有用的东西，但是斯坦利不一样……是的……我从来没遇到过像他这样的人。他的父母可能不太理解他为自己选择的未来，但是他依然全力以赴地去追求。我很佩服这一点。""男孩"突然停了下来，张开双手，像打开翅膀那样，"要是想飞起来，你得考虑三件事情：起飞、推进和控制。莱特兄弟一直尝试运用这些法则将飞行器送上天空。迄今为止，他们还不算很成功。我和斯坦利正在学习飞行器设计，研究它们的每一个部件。我们认为如果莱特兄弟把方向舵移到离机翼更远一些的位置的话，也许能让飞行员加强对飞行器的控制。这样，他们的飞行器就能在空中飞行更长时间。"

第十九章 桥

"可是……你们是怎么研究出这些的?"海伦娜揉揉鼻子,问道。

"我想,要是有人像斯坦利那样教你有趣的东西,你就能很容易想出一些有趣的主意。""男孩"说道,眼睛闪闪发光,"而且也不全都是我……其中大部分是斯坦利发现的。他在大学里跟人聊过——他们对我们的想法也感到很兴奋。凯瑟琳姑姑也一样。我想,有一天我也会去上大学,也许是学习机械学。"

"我真希望我能在某方面有所擅长。"海伦娜说道。她真心为"男孩"感到高兴,当然,也有一点儿羡慕。她真想知道,找到自己喜欢并且擅长的事情是一种什么样的感受呢?

"你去学校上学吗?""男孩"问她。

海伦娜点点头。

"男孩"皱了皱眉,说:"我都想象不出在教室里跟其他的孩子一起上课是什么样的。我真的很想试试。"

海伦娜想起了她那个有着高高窗户的教室:夏天的时候,耀眼的阳光会透过窗户照射进来;冬天的时候,会有冰晶在窗户上凝结成美丽的图案;感冒和咳嗽就像玩捉人游戏一样从一个孩子传到另一个孩子;教室前面女教师的桌子上,总是放着一根可怕的藤条,让孩子们不得不服从纪律。然后她又想起了"男孩"家里顶楼那些组成迷宫的书堆,还有斯坦利学习的决心。"如果我是你,就不会过多地去想象学校是什么样子的——能有斯坦利教你,你真的很幸运……我很好奇,莱特兄弟会不会回复你们的信呢?"海伦娜若有所思地自言自语道,继续往前走着,"'男孩',想想看,要是他们邀请你去美国的话……"她停了下来。"男孩"落在后面了,她把伸展着的胳膊放了下来,只是盯着前面,眼睛里的光芒消失了。

"噢!"海伦娜惊讶地叫了一声,看见一辆运货马车把后面车厢里的煤全都倒在了特兰平顿大街和银街交叉的路口。

"如果你们想去镇子里的话,你们得沿着银街一直走,再过桥,然后沿着后花园走。"一位工装裤沾满煤灰、正在指挥交通的先生说道。另一个人正把煤铲回车厢里。

"后花园?"海伦娜问道。

"河边就是。""男孩"低声告诉她。

"啊,好的。"海伦娜兴奋地回答,"我还没见过那条河呢,我想看看船。"

海伦娜沿着银街疾步快走,"男孩"被略微甩在后面一些,随着两旁的建筑逐渐在视线中消失,一座桥慢慢显现出来。一队队男人和女人正坐在船身细长、两头方正、底部平坦的船

第十九章 桥

上——不过很快,她就知道了这种船叫作方头平底船。站在每艘方头平底船船尾的人都用一根长长的木竿顶着河底来推动船前进。河岸两旁,柳条轻拂着波光粼粼的水面,坐在船上的姑娘们用毛毯盖住膝盖,野餐篮就放在脚边,篮子里装满了玻璃瓶装汽水、香槟和盒装蛋糕。她们的笑声和叫嚷声掠过水面,传到很远的地方。海伦娜倚在桥上,贪婪地欣赏着眼前的一切。她突然发现自己身后异常安静。跟在后面的脚步声、奥比特的尖叫声和歌声都消失了。

她转过身来。"男孩"纹丝不动地站在桥的另一头。她把奥比特紧紧搂在胸前,就像是在保护它免受什么伤害似的。她的眼睛睁得大大的,眼神里充满的不是好奇,而是恐惧。

海伦娜跑回桥的另一头,手上的篮子来回晃荡。"发生什么事了吗?"她问道,心脏在胸腔里怦怦地跳着。她看了一眼"男孩"身后,以为会看到一个挥着斧头的男人朝她们跑来。可惜并没有,她只看到了匆匆走过的行人、一个推着手推车的男人、骑着自行车飞驰而过的学生,还有嗒嗒路过的两轮双座马车。

"男孩"的眼睛依然直愣愣地盯着前方,举着奥比特的手还在微微颤抖。

"嘀嘀嗒——嘀嘀嗒。"奥比特叫着,眼睛一眨一眨的。

海伦娜咽了一下口水，伸出手去，从"男孩"颤抖的手里接过奥比特。

"男孩"显然不能告诉海伦娜到底发生了什么事情，而海伦娜觉得，现在也不是问"男孩"到底在害怕什么的时机。她开始意识到，有时候直接说出首先蹦进脑海的问题并不是一个明智的选择。斯坦利是对的，一个人的行为背后总是有他的理由的。也许更好的办法是，让人们在他们认为合适的时候自己说出来。她们现在还是得过桥，然后才能到玫瑰新月街去给福克斯一家送食物，再为她父亲取所需的钟表零件。

"来吧。"海伦娜伸出手，说道。

"男孩"盯着她，下巴的肌肉抽动着。

"真的没什么可怕的，我和奥比特都在这儿呢。"海伦娜说道。

"男孩"使劲儿眨了眨眼睛，好像要冲刷掉那些让她不敢过桥的恐惧。

"我们回来的时候，要是那些煤还堵在路口，就走另外一条路吧。没事的，'男孩'，我保证。"

"男孩"微微点了点头，伸出手让海伦娜领着她走过这座桥。"男孩"的信任让海伦娜挺了挺身子，振作起来，她决心要尽自己最大的努力去弥补韦斯科特家族曾经犯下的过错。

第二十章

福克斯先生

当海伦娜推开福克斯先生商店的大门时,门铃叮当叮当响了起来。一个长着浓密络腮胡的男人正在扫地。拉尔夫和他的两个妹妹坐在柜台上晃着脚,脚后跟不时碰在柜台木板上。

"爸,"拉尔夫喊道,"这就是我跟你说过的那个女孩。那个有一只鹦鹉的女孩。她是从韦斯科特先生家里来的。"他从柜台上跳了下来,朝她们跑过去,紧紧盯着海伦娜带来的那个篮子,好像很感兴趣似的。

福克斯先生把扫帚靠在柜台上,双手在裤子上擦了擦。"你,"他指着"男孩"说,"我以前工作时,有时候你会坐在那些钟表房里。"

"男孩"拘谨地点点头。

"她是……她是韦斯科特先生的女儿。"海伦娜说道。

福克斯先生眯缝着眼睛,倒吸了一口气:"你知道你父亲对我们家做了些什么,还敢来这里看我们……"

海伦娜感觉到"男孩"在她身旁僵住了。

"不,福克斯先生。"海伦娜紧紧抓住"男孩"的手,生怕她跑出去,"她爸爸做的事,她并不知情。"

"这是真的吗?"福克斯先生粗声粗气地说。

"男孩"勇敢地看着他的眼睛,点了点头。她从海伦娜的手中挣脱出来,眼神恶狠狠的。"请把我爸爸所做的一切事情都告诉我,包括最糟糕的部分。如果他真的不像我想的那样,那我就必须知道。我保证会尽我所能来帮助你们。"

商店楼上的房间里几乎一件家具也没有,地板和墙壁都是光秃秃的,对此海伦娜已有心理准备。可"男孩"完全没有料到。海伦娜注意到,"男孩"的目光落在原本挂着照片的墙上,落在原本覆盖着地毯的壁炉前的地板上,落在窗户下缺了坐垫的椅子上。

第二十章 福克斯先生

"我爸爸真的……这么做了?""男孩"小声问道。

福克斯先生冲她微微点了点头,说:"我知道他是你父亲,可是他确实应该为很多事情负责。"

"男孩"的脸皱得像一块被死死握在拳头里的手绢,她慢慢地在这个什么都没有的屋子里踱步。

奥比特扭动着身体,叽叽喳喳叫了起来,装着它的布袋在海伦娜的肩上晃来晃去。

"你在那块怀表里找到了我留下的卡片。"福克斯先生望着海伦娜说道,"我本来希望新来的钟表匠能在检查那块怀表时发现它,因为那是一块非常稀有的怀表。我想提醒接替我位置的那个人。我很抱歉,还是晚了。"

"还不算太晚,"海伦娜回答道,"在我爸爸手上,那些钟未曾停止。"

"还没有而已。"福克斯先生沮丧地说。

海伦娜感觉胃里一阵翻腾:"我们真的不能失去我们的财产……如果我失去了我的鹦鹉……"

福克斯先生轻轻地抚摸着奥比特的头。它一边摇头晃脑,一边叽叽喳喳地叫。拉尔夫的妹妹们都咯咯笑了。

"要是你愿意的话,可以把鹦鹉从袋子里放出来。"福克斯先生说道,"窗户都关着呢。我姐姐以前养过一只长尾鹦鹉。它可真是个天生的逃跑大师,可以自己打开笼子的门。"

"奥比特也一样。"海伦娜一边说,一边松开袋子的抽绳,让它飞了出来,"有一次,它从厨房的窗户飞了出去,越过院子的围墙,停在邻居家的晾衣绳上。你都能想象接下来发生了什么。"

福克斯先生皱了皱鼻子。

"就是那样。我还得把伯克利太太的灯笼裤再洗一遍。那个场景简直太可怕了。之后,我爸爸就给奥比特的笼子安了一把锁。奥比特再也没有跑出来过。"

奥比特伸展着翅膀,低下头,就像在表达谢意一样,然后在木板上咔嗒咔嗒地转着圈走,嘴里还发出海伦娜母亲那样清脆的笑声。

"它怎么笑得这么好听呢,"福克斯先生摸着自己的鬓角说道,"你的鸟儿很会模仿你。"

海伦娜觉得像有许多五彩斑斓的蝴蝶飞进了她的胃里。福克斯先生不必知道,其实奥比特发出的笑声,并不属于她。

拉尔夫最小的妹妹又咯咯笑了起来,跑到海伦娜身边站着。

"斯坦利准备了一些食物让我带给你们。"海伦娜说道,把

第二十章 福克斯先生

手中的篮子递给福克斯先生,"他让我向你们问好。"

"男孩"啃着大拇指的指甲,走了过去。她刚刚一直看着墙上一个褪色的轮廓,那儿曾经挂着一幅照片。

"斯坦利之前还给我们做过大餐。"福克斯先生盯着篮子里的东西说道。"把这个拿去给你妈妈,"他温柔地对大女儿说,"告诉她,家里要多两个人在这儿吃早午饭,我们可以马上准备吃饭了。"

"噢,不,""男孩"说道,"这些食物是给你们的。"

"我还没因为不幸而刻薄到不能分享我仅有的这么一点儿东西。"福克斯先生坚决地说道,"你们是我的客人,其他的话你们也不用再说了。我们就一起在这儿吃吧。把毯子拿来好吗,拉尔夫?"

一条黄蓝相间的格子毯子(这还是拉尔夫从隔壁酒店老板那儿借来的)铺在壁炉前的地面上。各种边缘破了口的盘子以及刀叉(福克斯先生说,餐具都是从玫瑰新月街对面的补鞋匠那儿租的)都派上用场,盛上了火腿片、松脆的奶酪、脆皮面包,还有好些苹果。

"你的邻居们可真好。""男孩"看着拉尔夫和他的妹妹们说道。兄妹们都盘腿坐在毯子上,嘴里嚼着东西,眼睛亮亮的。

福克斯太太轻手轻脚地走进房间,也坐了下来加入他们。不过她的眼睛没有光彩,迟疑地望着"男孩"和海伦娜。"她们很快就不再是我们的邻居了。"她低声说道。

"我真的……对您的遭遇感到十分抱歉。""男孩"的声音有些颤抖。她递给拉尔夫的母亲一盘食物。

福克斯太太盯着"男孩"看了一会儿,原本冷冰冰的目光变得柔和了些。"谢谢你。"她喃喃着。

"那么,那些钟……"海伦娜甩掉胸中沉重的包袱,喂给奥比特一把瓜子,"你为什么觉得那些钟会停摆呢,福克斯先生?"

福克斯先生用叉子取了一片火腿放进嘴里,若有所思地咀嚼着:"我对我的专业技术十分有信心。韦斯科特先生的钟表里的每一个齿轮、每一根弹簧,都在完美地各司其职。"

"那它们到底怎么就停摆了呢?""男孩"皱了皱鼻子,问道。

"当然是人为干涉。"福克斯先生肯定地说道。

"可是……那是谁干的呢?"海伦娜接着追问,"这是不是意味着,在我爸爸身上也会发生这样的事情?"

"男孩"瞥了一眼海伦娜,又低头盯着自己盘子里的面包和奶酪。

"我不知道,但是我觉得这个人一定也十分了解这些钟

第二十章 福克斯先生

表。"福克斯先生迅速瞟了"男孩"一眼,"钟表停摆的那天,韦斯科特先生早上还十分高兴,他的脸色没有如往常一般铁青。他离开家之前还跟我讨论了一会儿那些钟表,并且表扬了我的工作。我一整天都在三楼工作。可是那天夜里,当韦斯科特先生回来的时候,他就像变了一个人一样。他的眼神里有一种狂野,就像沼泽地上空的暴风雨一样。在例行时钟检查时,我发现一楼有几座落地大摆钟停摆了。我一整天都没去过那个房间。当发现时钟停摆后,韦斯科特先生的脸色……好吧……"福克斯先生停顿了一下,揉了揉自己的鼻子,好像要把那些记忆揉掉一样,"那天晚上晚些时候,一个男人和一个年轻的男孩跑来我店里,用一辆运货马车带走了我们所有的财产。后来我每天都去马青顿律师事务所找韦斯科特先生的律师,请求他们归还我们的财产。我在他们那儿感觉到了一丝同情,可是每个人的嘴巴就像被胶水粘住了一样。我们得快点儿打开他们的嘴,要不然我担心我们很快就会被送去济贫院了。"

"男孩"站了起来,拍掉裤子上的面包屑,用手把头发拨到耳后,说:"我会帮你把所有的东西都要回来的,福克斯先生,我保证。而且我会找到我爸爸这么做的原因。你说得对,有些事情必须得做了。海伦娜和我会帮你们的。"

海伦娜盯着"男孩"。她的眼神看起来比她们刚到这儿的时候更加狠了。海伦娜使劲儿咽下一块好像卡在喉咙里的面包,突然有了一个想法:"男孩"如此沮丧,是因为她父亲的所作所为,还是有别的原因?福克斯先生说钟表可能是被人弄停的。"男孩"在墙上张贴她的画,好让她父亲能注意到她。她是不是还干了其他一些事情吸引她父亲的注意力,而现在又后悔了呢?要知道,她老是待在那些钟表房里。海伦娜小啜了一口水,咽了下去,突然胃口全失。这个想法太可怕了,她甚至都不敢承认自己这么想了。可是,也许就是海伦娜从"男孩"身上感觉到的那种悄然的绝望驱使她干出可怕的事情,也许钟表停摆的原因其实一直就摆在她面前。

第二十一章

巴林顿医生

海伦娜轻咬着嘴唇,专心致志地用小刷子清理着一个小风车的叶片。每到整点报时钟声敲响的时候,一艘小船就会随着木做的波浪摇晃,一个小人偶会从教堂的大门里跳出来。她满脑子想的都是"男孩"和福克斯一家的事,都没意识到自己已经将风车的叶片擦了两遍。擦完以后,她小心翼翼地装回自鸣钟的圆顶玻璃罩,用自己的袖子最后抹了一遍。

"男孩"坐在她惯常坐的门边位置。海伦娜到剑桥五天了,可从来没见过"男孩"这样的表情。就像她的五官都被画上了颜色,在一杯水中打转。她的耳朵尖儿粉粉的,湛蓝的眼睛比往常更透亮,脸颊就像耳朵尖儿那样红。"男孩"在她们离开福克斯一家去丽晶街上取之前忘记拿的钟表零件时,说的话比往常多多了:"我爸爸到底把福克斯一家的东西放在哪儿了呢?他拿那些东西干吗呢?我妈妈为什么不回家呢?你觉得我爸是不是生病了?"

海伦娜实在不知道该怎么回答"男孩"的这些问题,只能沉默着,拖着靴子走在人行道上,本是阳光明媚的一天,这时竟阴云密布,下起了丝丝细雨。是"男孩"让那些钟停摆的吗?她不知道那些关于钟表的合约,所以她也不知道自己的行为到底会带来什么样的后果。这就是她离开福克斯家的时候,眼神里充满了热火,并且要决心帮助福克斯一家的原因吗?

"我亲爱的姑娘们。"当天晚上还不到六点的时候,凯瑟琳一边说,一边步态轻盈地走进了房间。她穿着一件矢车菊蓝的大衣,抱着一个有"男孩"椅子座那么大的绿色的盒子,上面系着红色的丝带。她把盒子放在"男孩"的大腿上。"给你的。"她弯下腰来,轻轻吻了一下"男孩"的头。如往常一般,"男孩"在钟表检查前就换了衣服,脱掉男孩的打扮,穿上深蓝

第二十一章 巴林顿医生

色的百褶裙和带蕾丝衣领的奶油色衬衫。海伦娜总觉得"男孩"换上这样的衣服时才更自在，好像这才是她真实的自我。要真是这样的话，她穿男孩的衣服，到底是为了取悦谁呢？海伦娜紧紧盯着那个礼物。噢，有一个漂亮的姑姑，还能带来礼物和甜蜜的吻。海伦娜有一个舅舅，可他不经常来，而她父亲是独生子，就像她一样。海伦娜只能把羡慕踩在脚下。

"男孩"的脸颊悄悄红了。她慢慢地拉开系在盒子上的丝带，让它散落在姑姑脚边的地板上。凯瑟琳的鞋后跟上沾满了厚厚的泥。她长长的大衣下摆也有一点儿暗暗的印子。海伦娜皱起眉头，想起头天晚上凯瑟琳夜访马厩的奇怪情景，那会儿她甚至都不是来做客的。

揭开上面几层极薄的保护纸，"男孩"拿出来两本精装书。海伦娜有点儿失望，手指麻麻的，她觉得怎么也得是一条漂亮的裙子，或者是一双饰有珠子的拖鞋。这时，她一眼瞥到了那两本书的书名：

《建筑的历史》

《人类飞行的问题》

"男孩"开心地笑了,站起来抱了姑姑一下。

凯瑟琳的眼睛闪闪发亮:"亲爱的侄女,书里的一字一句你都要仔细阅读。你永远不知道它们会带你走向何方。"她转过身来,海伦娜看到她的帽子时倒吸了一口气。她之前只觉得那是一顶十分普通的天空蓝的毡帽,可现在她看到帽子的一侧装饰着孔雀的尾羽,上面的"大眼睛"盯着海伦娜,这让她觉得十分不安。"今天晚上不进行钟表检查了。我弟弟……我来的时候他觉得有点儿不太舒服。"她眉头紧锁,看起来更疲惫了。

"好吧……要是您确定的话……"海伦娜的父亲说道。

"是的,我很确定……"凯瑟琳一边说,一边弯腰跟奥比特打招呼,"你好呀,小鸟、小鸟、小鸟。"她轻轻地敲着奥比特笼子的栏杆。

"叽叽喳——叽叽喳——叽叽喳。"奥比特厉声叫着,蹲着身子从笼子的一头跳到另一头。

"噢,"凯瑟琳笑了一下,"我敢打赌,这只鸟儿还挺喜欢我的。"

奥比特抖了抖后背的羽毛,突然向前扑了一下,它尖尖的喙差点儿啄到了凯瑟琳戴着手套的手指。

凯瑟琳哈哈一笑,摇了摇头,抛给海伦娜和"男孩"一个

第二十一章 巴林顿医生

耀眼的笑容,转身离开了房间。

海伦娜的父亲已经在收拾他的工具了。"能早点儿休息的晚上总是很好的。"他说,"我很累了。照看这些钟表的工作比我想象的多多了,还好有你帮我,我亲爱的海伦娜。谢谢你帮我拿回钟表零件——昨天对你那么严厉,我很抱歉……"

可是海伦娜并没有在听。她一直盯着木地板上那些从凯瑟琳湿答答的大衣落下的神秘水渍,还有从她鞋上掉落的泥巴块儿。为什么当她靠近奥比特的时候,它就尖叫起来,还变得那么有攻击性?

一阵低语从大厅里传来。海伦娜看了一眼"男孩","男孩"已经完全沉浸在她的新书里了,她如饥似渴地看着每一页。

海伦娜悄悄走到门口,冲着外头张望。

"你得把你的帽子拿走,凯瑟琳。我真受不了。"韦斯科特先生低声说。他的脸色灰白灰白的。

"但是,埃德加……你这么做太不理智了。"凯瑟琳一边说一边用手调整了一下帽檐。

韦斯科特先生像是有些害怕,抓住身边的栏杆稳住自己:"我害怕……害怕……我真的再也受不了了。"

"我知道,亲爱的,所以明天你得见见巴林顿医生。"

"巴林顿医生?"韦斯科特先生瞪大了眼睛,"可他是……"

"是的,我知道他是什么人,但是你真的有必要尽快见见他,埃德加。我很担忧你的身体状况。"

"可是……我不觉得……"

"好了,"凯瑟琳把戴着手套的一只手放在她弟弟的胳膊上,"够了。"

海伦娜屏住呼吸,听见平常轻声细语的凯瑟琳这么坚定果决地说话,真让人有些不安。

房子里的钟表开始叮叮当当地报时。金宝塔钟里的小小金色花盆开始旋转,看了让人觉得有些迷迷糊糊。当音乐般的报时声从底座里响起的时候,珠宝制成的花瓣也慢慢绽放。

韦斯科特先生低下头,仿佛身上所有的光芒和活力都被什么东西吸走了。

凯瑟琳等待时钟都安静下来的时候,嘴唇微微颤抖着。"事情可以变得不一样的,我能帮你。"她终于轻轻地说出口,"可是你为什么不接受我的帮助呢?"她的声音如此甜美,像哄劝小孩子一样,感觉其中也有着刀子的力量。

韦斯科特先生一下子把自己的胳膊从他姐姐的手里抽了出来,从口袋里掏出一块手帕擤了擤鼻子。"凯瑟琳,其实你

第二十一章 巴林顿医生

没什么能帮到我的。伊万杰琳失踪了,我已经几乎一个月都没有她的消息了。我写去的信、发去的电报,都毫无回音。你明白为什么这些钟不能再停摆了吧?难道你忘了吗?"他把身子倾向他的姐姐,说道。

海伦娜紧张地双手攥拳,很希望凯瑟琳能回答韦斯科特先生的问题。

可惜她没有。她的身体僵住了,下巴颤抖着。她踮起脚轻轻地吻了一下弟弟的脸颊,然后转身从大门走了出去。一根孔雀尾羽从她的帽子上悄然飘落。

韦斯科特先生的眼神停留在那根色彩斑斓的尾羽"眼睛"上,嘴里小声呻吟着。他转过身,消失在楼梯上,沉重的脚步声回荡在整幢房子里。

海伦娜的父亲匆忙从她身旁走过,手里拿着奥比特的笼子,他说:"明早见,我的宝贝,我现在只想睡觉。我会把奥比特放回你房间里的。"

海伦娜冲他快速地点点头,眼神掠过羽毛上的"眼睛",然后发现韦斯科特先生开着的书房门下射出的光亮比平日更甚。这会儿是不是正好是个机会,可以去那个平常不能去的房间寻找线索,揭露这座房子里的秘密?

第二十二章

剪贴簿

"我可不能去那儿。""男孩"盯着她父亲书房开着的门说道。

"但是我们可能不会再有这样的机会了,'男孩',也许我们能发现一些线索,揭开你父亲为什么如此沉迷于钟表的秘密,还有弄清楚福克斯一家的东西到底被藏在哪儿了。"海伦娜捡起柔软的孔雀尾羽放在掌心,用大拇指摁着。一段关于羽毛的记忆从她的脑海里掠过。

"男孩"皱了皱鼻子:"要是爸爸抓住我俩中的任何一个,我们都会有大麻烦的。"

"可是我们已经在一团大麻烦里了。你失去了你的妈妈。我可能会失去我的鹦鹉。福克斯一家失去了他们所有的东西,

第二十二章 剪贴簿

而原因我们完全不知道。你爸爸看起来好像……生病了。"海伦娜把羽毛放进裙子的口袋里，说道。

"男孩"背靠着墙，说："我觉得我同不同意都不重要，你反正会去的。"

海伦娜冲她微微一笑，然后推开了书房的门。"男孩"有些犹豫。镶着护墙板的墙壁像是恶狠狠地盯着海伦娜。韦斯科特先生书桌后面厚厚的猩红色窗帘拉上了。壁炉里正熄灭的火透出微光。整个房间比海伦娜记忆中的温馨许多，感觉这是一个可以在冬日里蜷缩着看书的地方。壁炉前面放着一把安乐椅，椅子的扶手上搭着一条毯子。韦斯科特先生是睡在这儿的吗？她看着挂在壁炉上面的全家福。照片里有两个年纪跟她和"男孩"差不多的蓝眼睛小孩，他们的母亲笑意盈盈，父亲却十分严肃，全家都被身后巨大的落地大摆钟投下的阴影笼罩着。海伦娜使劲儿盯着那张全家福，看到钟摆上模模糊糊地有一张天使般的圆脸在上面。这就是韦斯科特先生检查钟表时总盯着的那座钟。

"那是我的祖父母。""男孩"朝全家福走去。

"所以，他们是……你爸爸和凯瑟琳姑姑？"海伦娜指着那两个孩子问道。

男孩点点头:"看着他们小时候的样子,真有些奇怪。爸爸说过,他小时候和凯瑟琳姑姑并不亲近。可是自从去年妈妈走了以后,她就一直陪在我们身边。她在镇上阿姆斯大学酒店订了房间,因为她说家里的时钟太吵了,她根本睡不着。"

"那是你祖父母的钟吗?"海伦娜还在研究那张全家福。

"男孩"又点点头:"我一点儿都不喜欢它,那个钟摆上的脸看上去太可怕了。可因为某种原因,爸爸很喜欢它,可能是因为那座钟是他母亲的吧。她在爸爸和凯瑟琳姑姑比我们大一点儿的时候就去世了。他们的父亲不久也去世了。"她停顿了一下,"有时候我在想,爸爸对钟表如此痴迷,也许就是因为这座钟。它十分罕见,而且具有收藏价值。它让爸爸渴望得到更多构造精细的钟,而这些钟需要时时维护才能保持良好的工作状态。"

海伦娜终于把眼睛从钟上挪开,走到韦斯科特先生的书桌前。也许"男孩"关于她父亲为什么如此沉迷于钟表的解释是对的。有时候最简单的答案往往就是正确的。

韦斯科特先生的餐盘放在桌子的一边,银质的盐瓶翻倒了。海伦娜把它扶正,后退一步,拉开了桌子的一个抽屉。她的靴子底下有嘎吱嘎吱的声音。她抬起左脚,看到一点儿白

第二十二章 剪贴簿

色的东西沾在鞋后跟上。于是她弯下腰，用手擦了擦地板。是盐，韦斯科特先生一定打翻了盐瓶子。她拂去手上的粗盐粒，拉开了最大的一个抽屉，随手翻着里面放着的文件。有一些写给他的印刷厂的信、账本，但是没有任何线索能告诉她们福克斯一家的东西放在哪儿了，也没有其他相关的东西。

"这是什么？"海伦娜问道，从一沓账本底下抽出一本剪贴簿。

"男孩"走了过来，有点儿疑惑地看着海伦娜，又瞟了一眼门口。

"快，打开它。"海伦娜把剪贴簿递给"男孩"，催促着。要是"男孩"也帮她在书房里到处搜寻的话，也许她的内疚感还会减轻一点儿。

"男孩"刚打开剪贴簿的第一页，海伦娜就倒抽了一口气。一张"男孩"画的飞行器内部工作原理图被小心翼翼地贴在里面：

发现于骨架钟房外。1905年5月3日。

"男孩"深吸了一口气，翻到下一页，发现另一张她画的骨架和机翼的图：

发现于四楼平台的墙上。1905年5月23日。

"男孩"一直往下翻,直到她看到画着飞行器方向舵的最后一张图:

发现于母亲的落地大摆钟旁。1905年6月10日。

这张图是几天前贴上去的。"男孩"用食指摩挲着,眼眶里盈满了泪水。她抽了抽鼻子。"爸爸看到了我的画。"她说。她把这本剪贴簿紧紧地抱在胸前,在火炉旁的椅子上蜷缩着身子,重新开始认真地翻阅。

"'男孩'。"海伦娜轻轻地叫她。

"怎么了?""男孩"一边翻页一边喃喃道。

"你是……你是……"海伦娜深吸了一口气,想着怎么组织语言。她要怎么问她是不是那个让时钟停止的人呢?海伦娜喜欢"男孩",而且开始把她当朋友了。尽管海伦娜很喜欢问问题,这个问题却很难问出口,她甚至都不确定自己想不想知道答案。所以,也许干脆别问了会比较好。那些时钟停摆,福克斯一家的东西已经被拿走了。"男孩"虽然对发生的一切感到很沮丧。现在最重要的事情无疑是努力找到福克斯一家的财产，想办法还给他们，同时确保同样的事情别发生在自己身上。

"男孩"抬起了头。当她意识到其实父亲一直都在默默关注着自己时，她觉得幸福极了，平日里哀伤的眼睛变得泪汪汪的，充满了梦想和无数的可能性。

"啊……没……没什么。"海伦娜说，转而去检查剩下的那些抽屉，把它们一个个都拉开了，可是什么有意思的东西都没找到。海伦娜把那根有着"眼睛"的孔雀尾羽从口袋里拿了出来，用手指抚摸着上面蓝色、金色和红色的羽毛。今天晚上，她看到了凯瑟琳之前隐藏的一面，更有控制欲的一面。凯瑟琳似乎想不计一切代价对她弟弟好。关于那份守钟的合约，她跟她弟弟知道得一样多。是她帮韦斯科特先生把福克斯一家的东西藏到马厩里了吗？也许这就是她头天夜里悄悄地跑到那儿去的原因吧。海伦娜得去马厩里面看看，不知怎的，她觉得自己确实很害怕被凯瑟琳抓个正着。

第二十三章

马厩

夏日的夜晚十分凉爽，草地上的露珠渗进了海伦娜的靴子和袜子，她感觉脚指头凉凉的。周围没有一丝丝光亮，这次没有月亮或星星在天上给她照亮去马厩的路，她几乎只能看见前面一臂长的距离。她慢慢地绕过那张掉漆的长凳，然后继续往前走，直到马厩门前的那一排树。

海伦娜回头望了望韦斯科特先生家的房子，细细的光亮从拉上的窗帘边缘溜了出来。她的目光顺着顶楼的那一排窗户一直移到最后一扇上——是放满了书的那个房间。窗帘开着，灯光从里透出来。自从那次海伦娜使劲儿把"男孩"和剪贴簿分开之后，"男孩"上楼梯都是两级并作一步走，说她得

第二十三章 马厩

赶紧画更多的画给她父亲看。海伦娜知道,这会儿没有什么事情能让她这个朋友离开书桌了。而且,也许"男孩"不跟她一起来马厩是件好事。要是真的找到了福克斯一家的东西,"男孩"心里肯定会因为自己对福克斯一家所做的事情而感到十分难受。海伦娜想得越多,就越觉得"男孩"可能就是那个让钟表停止的人。她非常了解嘀嗒作响的时钟的工作原理,自然也就知道怎么让它们停摆。要真的是"男孩"干的,那海伦娜和父亲不就能放松点儿了吗?"男孩"因为看到福克斯一家失去了他们所有的财产而感到十分不安,所以应该不会再让时钟停摆,不会再让同样糟糕的事情降临在海伦娜和她父亲身上吧。

深呼吸之后,海伦娜拨开树丛,穿过铺满鹅卵石的院子,朝马厩那边走过去。她抓住门把手,要把门闩提起来。可门是锁着的。她的肩膀沉了下来,完全没想到,根本进不去。她从口袋里摸出从厨房里拿来的一根蜡烛和一盒火柴,然后点燃蜡烛芯,小心翼翼地用手掌拢着,橙色的烛火在轻轻摇曳。她溜到马厩的一侧,绕着走了一圈。后墙上大概齐头高的地方有一扇小小的窗户。窗框又旧又破,嵌着四块玻璃,有一块都裂开了。海伦娜吹灭蜡烛,把它塞回口袋里,把手伸高去推那扇窗户。窗户嘎吱嘎吱响着，却推不开。她得找个什么东西来站在上面，看看能不能进去。往四周打量了一下，海伦娜发现了一堆旧花盆。她找了个最大的拿到窗户底下，倒扣着放下。细细的汗水从她后背两侧的肩胛骨中间流下来。她停顿了一下，把袖子卷了起来，这时听到了猫头鹰的叫声。站在花盆上，窗户已经与她肩头齐平了。她用力一推，窗户晃了一下。然后她又使劲推了一把。海伦娜惊恐地看到整个窗框晃动了一下，然后从墙上掉进了马厩里，发出一声巨响。

啊，全碎了。海伦娜从大拇指上取下一块玻璃碎片，细微的刺痛感传到掌心。突然有一个软软的东西从她的脚踝边擦了过去，她的心瞬间剧烈地怦怦跳了起来。咽下一声惊呼，她看到一只黑猫正仰着头看她，尾巴在她脚边蹭来蹭去。这像一个厄运的征兆。海伦娜强迫自己平静下来，把这个愚蠢的想法从脑子里赶出去。这样是不行的。她得保持冷静，然后从这扇窗户爬进去。之后她会考虑怎么把窗户修好的。

她用手把自己撑了起来，从墙上这个窗户洞爬了过去，砰的一声落在墙另一边的地板上，把碎掉的玻璃和窗框踩得嘎吱作响。扬起的灰尘钻进了眼睛和鼻孔里，海伦娜不禁打了个喷嚏。她吮了一下还有点儿痛的大拇指，冲着两边长长的

第二十三章 马厩

墙壁前站成一排的阴影眨了眨眼睛。海伦娜的手颤抖着取出兜里的火柴和蜡烛。火柴咝咝作响,柔和的光芒投射出摇摇晃晃的影子。要是这会儿凯瑟琳来了的话,她就惨了。她深吸了一口气,让自己平静下来。这个马厩看起来像一个家具仓库,就像以前当家里需要新的椅子、台灯或者镜子时,她和爸爸妈妈偶尔会去码头光顾的那种地方。各式各样、大小不一的家具在一条通往房间中央的小路边堆着——既有桌腿雕着繁复花纹的木桌子,也有沉重的大衣橱,还有像孩子玩的拼图那样倒扣着一把摞一把的椅子。

海伦娜心里失望极了。她面前的这一堆家具根本不是拉尔夫跟她描述的那样。这些东西看上去很昂贵,似乎是韦斯科特先生家里的。海伦娜扯了一下一块防尘布,露出了一把有着精美刺绣的蓝色和奶油色的丝绸椅子。椅子旁边的一张小牌桌上放着三盏台灯,织物灯罩的颜色与椅子的颜色十分相配。她伸手碰了一下织物的边缘,这勾起了她的回忆。她之前见过这种织物的样式,它跟骨架钟房间里的窗帘相似。这些是韦斯科特先生家里的家具,是那些被钟表取代了的东西。好像有两只巨大的手,把所有的家具都从韦斯科特先生的房子里拿了出来,然后把它们像一架六角手风琴一样摞在一起，放进了马厩里。要是福克斯先生家的东西并不在这儿，那么那天晚上，凯瑟琳在这儿找什么呢？

海伦娜把蜡烛插进牌桌的一条桌腿和一把椅子之间，环视着整个房间。她的目光落在墙角的一堆旅行箱上。最上面那个箱子的黄铜锁是开着的。海伦娜皱着眉头，使劲儿盯着那些箱子。它们是那种出国旅行才会用到的箱子。她想到了"男孩"的母亲，她可能远在英吉利海峡另一端的某个地方。海伦娜用手指轻轻抚摸着旅行箱上暗棕色的皮革。这些箱子没有一处是坑坑洼洼的，平滑得像是没有被使用过。她打开了最上面那个箱子的外壳，里头只有几层薄薄的棉纸被风吹得沙沙作响。在黑暗里，她独自一人在韦斯科特先生的东西中翻找着。要是他知道她在这儿，她和父亲毫无疑问会被解雇的，他们会失去所有的东西。当海伦娜犹豫地掀开这些纸时，发现她完全想错了——这些根本不是韦斯科特先生的东西。它们也不是拉尔夫和他父亲的东西。这些东西压根儿就属于另外的某个人。

第二十四章

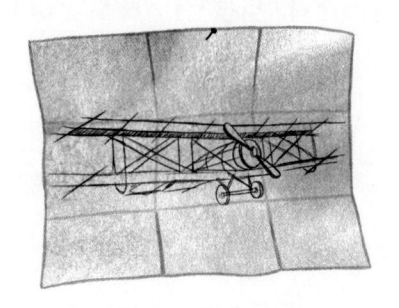

行李箱

　　天鹅绒的裤子、带花边的奶油色的衬衫、一件花呢马甲和夹克、还有若干帽子和结实的靴子。不像那些家具,"男孩"的衣服被随意地叠放着,完全没有什么特定的顺序。海伦娜想起了"男孩"穿着裤子和靴子的样子。这些是她的衣物。藏在衣物下面的是一大堆书。她抽出一本《五个孩子和沙精》放在一边。当她展开"男孩"的一条藏青色天鹅绒裤子时,哀伤就像一阵风从她身上掠过。在父亲和姑姑不在的时候,她为什么要坚持穿这些男孩子的衣服呢?"男孩"的母亲注意到她女儿这些奇怪的习惯了吗?海伦娜叠起裤子,又拿起那本《五个孩子和沙精》,然后扣上自己毛衣的扣子,把它们都塞到了衣服里面。是时候面对"男孩"了。未解之谜实在太多了。她必须得了解这里到底发生了什么，并找到真相。

海伦娜回来的时候，整座房子都静悄悄的，父亲细微的鼾声从他房间关着的门背后传来。她想着明天早上得告诉斯坦利，她把窗户弄坏了，但她会赔偿的。冥冥之中，她总觉得她可以信任斯坦利，他不会把她的夜间探险活动告诉韦斯科特先生和凯瑟琳的。打开那间临时藏书房的门，海伦娜看到"男孩"正端坐在桌子前。她抬起头，目光越过眼前的那一大摞书，看着海伦娜，手里的铅笔悬在一张画上。

"我有一些东西要给你。"海伦娜溜进房间，关上了身后的门，说道。她沿着书堆成的迷宫绕到"男孩"的书桌前，看到"男孩"手中铅笔下的纸张，便咬住了下嘴唇。"男孩"正在画的看着不像她平常画的那些机械技术方面的画。她画的是一支由小型飞行器组成的护航队在海面上飞行，海天相接的地方点缀着几座小小的房子。其中的一座房子相对较大，"男孩"还给它的窗户画上了在风中飘荡的窗帘。有两个人站在楼上的窗户边，是"男孩"和她母亲吗？

第二十四章 行李箱

海伦娜从毛衣里取出了那条藏青色的裤子和那本书。她抖了抖裤子,然后举起来,说:"看,我在旧马厩里找到了这个。你的其他一些衣服也在那儿,还有这房子里的家具。"海伦娜停顿了一下,"你为什么老穿着这些衣服呢?你明明有好多漂亮的裙子。"

"男孩"手中的铅笔突然像闪电一样飞快掉了下去。她把椅子往后推了一下,脸色比她刚刚画画的纸还要苍白,眼睛直勾勾地盯着海伦娜手中那条裤子和那本书。

海伦娜的胳膊一下子垂了下去,那条裤子的裤脚擦过地板。

"请你把这些东西送回去。""男孩"用细小又异样的声音说道。

海伦娜把书放在"男孩"书桌边上,然后把裤子递给她。"可是……这些东西是你的……"

"男孩"缓缓从海伦娜手中接过裤子,然后伸直胳膊举着,好像这裤子会灼伤她似的:"你在瞎插手你根本不知道的事情!"

海伦娜向前走了一步。"男孩"怎么能这么说呢,她只是想帮忙而已。"我不是瞎管闲事,我只是觉得你爸爸可能把福克斯一家的东西放在马厩里,然后我就去找了一下而已。"一阵疲倦感从上到下席卷了她。

"男孩"小心翼翼地把那条裤子叠了起来,塞进自己的书桌里,接着又把那本书放在裤子上面,然后合上书桌的盖子。

"我确实搞不懂这个屋子里到底发生了什么事。"海伦娜的声音里有种抑制不住的不耐烦。

"男孩"深吸了一口气。

"要是你能告诉我的话,也许我还能帮上点儿忙。退一步说,即便我帮不上什么忙,说出来也总是好的。我妈妈以前经常讲,'说出来总比不说好'。"

"男孩"仰着头,看着天花板,努力控制着自己的泪水。她微微张开嘴唇,好像话已经到了嘴边。

海伦娜屏住呼吸。这一刻会是一切真相大白,自己找到答案的时候吗?

"男孩"转身回到桌子前,拿起了她的铅笔,然后一屁股坐了下来,开始给飞行器打阴影,铅笔尖用力地按压在纸上,留下了一道道如同河流一般的纹路。"要是他还在的话……"她痛苦地说道。

海伦娜盯着"男孩"问:"他?"

"男孩"轻轻地叹了口气:"是伯蒂。"

海伦娜深吸了一口气,又问:"谁……谁是伯蒂?"

第二十四章 行李箱

"男孩"看上去很痛苦,好像她正在对着《五个孩子和沙精》中的精灵许愿。可"男孩"在许什么愿呢?

"告诉我,'男孩',"海伦娜往前靠了靠,"告诉我真相,也许我们可以把之前不对的事情纠正过来。"

"男孩"的眼眶里盈满了泪水,亮晶晶的:"如果真相是可怕的呢?如果做什么都不能弥补呢?"

"所以,把一切都告诉我,才显得格外重要。"海伦娜抓住她这位朋友的手,紧紧地握了一下,轻声说道。

第二十五章

1904 年 10 月，划船

秋日的天空无比湛蓝，弗洛伦斯和她哥哥伯蒂坐在划艇中央的小板凳上，河岸边芦苇已然金黄，昆虫嗡嗡叫着。弗洛伦斯紧紧地抓着她的桨，伯蒂却跟往常一样心不在焉地靠在桨上，看着小鱼儿在波光粼粼的水里游动，前一阵秋日里的暴风雨让河道里的水涨了不少。

暴风雨已经过去了，那天天气很好，他们的母亲半躺在船上，把手懒洋洋地伸进水里划着水，看着孩子们斗嘴、划船。

"把桨握紧一点儿，伯蒂。"弗洛伦斯咬着牙说道。

"我握得紧着呢。"伯蒂漫不经心地回答道，事实上他的手只是松松地握着桨而已。弗洛伦斯总是告诉他应该怎么做,他简直太烦了。她要是年龄比他大也就算了,可是他比她还大十个月呢,应该是他给妹妹提供建议和指导才对。

"当心点儿,我们离芦苇丛已经很近了。"弗洛伦斯说。

"然后呢?"伯蒂回嘴道,"放松点儿,弗洛丽,不用老是这样焦虑。"

"别叫我弗洛丽,而且我也没有总是很焦虑。我只在你走神的时候……或者做白日梦、犯蠢的时候才焦虑。"

"孩子们,"他们的母亲懒洋洋地喊道,"别吵了,你们太烦人了。"

"我们可以在这儿野餐,"弗洛伦斯一边说,一边使出全身力气划着桨,"我可不想再跟他在这个船上多待一分钟。"

他们的母亲叹了口气,坐直了身子,扶正了头上的帽子。她指了指河岸,那边有一棵柳树的枝条正轻拂在水面上。"是的,好吧,也许我们应该暂时离开这条船一会儿了。那儿就很好。"她说。

孩子们(好吧,当然主要是弗洛伦斯)把船朝岸边划去。弗洛伦斯跳上岸,把船系在树上。她的母亲拿起野餐篮子,递给她。

"你要来吗?"弗洛伦斯问伯蒂,这会儿他已经放下桨,斜靠在船沿上,盯着绸缎般的水面。

"你能想象当一条鱼是什么感觉吗?可以在芦苇丛中遨游,在小石头间嬉戏。"伯蒂说。

弗洛伦斯哼了一声。她这个哥哥可真是太不切实际了。父亲希望等他大一点儿以后,可以接手家里的印刷厂,但是伯蒂有时在晚上溜到她的房间里,跟她说今后他要去学习植物学,去很远的地方旅行,走遍全世界去寻找新的、激动人心的植物种类。父亲要是知道了,肯定很不高兴!

弗洛伦斯帮着母亲抖开野餐垫,把瓷餐具和食物摆放在一棵倒下的橡树树干旁边的柳条下。"伯蒂从来都不帮忙。"她咕哝着,伯蒂正倚在一侧的船沿上,摆弄着他的渔网。

母亲把身子探了过去,然后把手覆在弗洛伦斯的手上。她那戴着手套的手掌有些许微凉,却让人安定:"别管他,伯蒂需要一点儿做梦的空间。很快,他的人生就不再属于他自己了。"

弗洛伦斯其实并没有完全明白她母亲的意思,但是她咽下了已经涌上喉咙的话。那我呢,我不需要一个可以做梦的空间吗?

母亲轻轻地抚着弗洛伦斯耳后的一缕头发,向船那边看

第二十五章 1904年10月，划船

过去，小船在岸边随着流水起起伏伏："要不我去散一会儿步，等伯蒂准备好了再加入我们。"

弗洛伦斯点点头，看着母亲的遮阳伞在空中如蘑菇一样展开，长裙拂过那片被羊啃过的草地。她坐在那儿，双手抱膝，头轻轻地放在膝盖上，闭上了眼睛。

一只苍蝇在耳边嗡嗡嗡。

微风拂过，叶子沙沙作响。

哗啦，一只鸟儿入水抓鱼。

水花嘭嘭拍打着船身。

鸭子呱呱叫着在芦苇丛中穿梭。

然后她打起了瞌睡，顿时一片寂静。

"弗洛伦斯、弗洛伦斯！"是母亲焦急时高亢的声音。

弗洛伦斯睁开眼睛。她母亲一边冲她跑过来，一边用手指着这边。弗洛伦斯入迷地看着母亲的伞在空中飞舞，然后倒过来落在河面上，如同一叶扁舟漂走了。

船呢！

弗洛伦斯回过神来。系在树上的绳子已经松开了。她赶紧站起来。"伯蒂——绳子。"她喊道。她盯着那艘船，眼睛突然瞪大了。伯蒂已经不在船上了。她慌忙朝河岸边上跑去，

河面上只有一支桨上下浮沉，往下游漂去。她的胃像在翻滚。"伯蒂！"她把双手窝成喇叭状，大声喊着，眼睛一刻不停地四处搜寻。

她哥哥肯定是从船上下来了，也许是跟母亲一样去散步了，或者是在晚秋的雏菊丛中睡着了。周末的时候，这条河上总是有很多划船和坐船的人，岸边也有很多散步的人。可是今天是周一，而且已经十月份了。河水上涨且变得湍急，周围一个人也没有。

"伯蒂！"母亲尖声叫着。她已经走进了水里，浑身颤抖着，冷水浸透了她的衣服。她走到了几乎有脖子那么高的芦苇丛里，整个人都被掩没了，她发出了尖细的哭喊声。

弗洛伦斯赶紧朝母亲的方向奔去，听到她正在绝望地求救。当她看到母亲拖着伯蒂无力的身体穿过芦苇丛时，她觉得可怕极了。弗洛伦斯跌跌撞撞地走下河堤，握住哥哥已经冰冷的手。她知道，而且非常确定，她所熟知的生活，已经同伯蒂一起被这汹涌的河水吞没，再也不会回来了。

第二十六章

弗洛伦斯

"男孩"抿着嘴唇,呆呆地盯着自己的膝盖。手攥得紧紧的,关节都泛白了。

听完这个故事,海伦娜的脑子已经彻底眩晕了。何况,这不仅仅是一个故事:"所以你不叫'男孩',你是弗洛伦斯。"

"男孩"微微点了点头。

"之前我以为你父亲叫你'男孩'……其实他并不是在说你。他说的是你的哥哥,伯蒂。他的儿子,他的男孩。"

"男孩"又点了点头。

海伦娜的脑子更晕了。"我觉得从现在开始,我应该叫你弗洛伦斯——这毕竟是你妈妈起的名字。"海伦娜温柔地说道。

弗洛伦斯轻轻搓着手掌里一点儿墨水的痕迹，朝海伦娜轻轻点头。

"所以，你妈妈把伯蒂从芦苇丛里救出来之后……发生什么事情了？"海伦娜接着问。

"我们认为是伯蒂把一支桨掉进了河里，然后他就松开船的缆绳想去追，不小心自己就掉进了河里，"弗洛伦斯的声音有些低沉，"他吞了好多水，所以虚弱极了……后来，他就死了。然后，我被送到伦敦的凯瑟琳姑姑那儿去了。等我们十月底回到剑桥的时候，妈妈已经去了法国南部。爸爸说她很虚弱……之前去河里救伯蒂的时候着凉了。医生说，也许去国外散散心能帮她康复得快一些。"

"天哪，"海伦娜惊叹道，"这可真是太糟糕了。"她重重地咬了一下嘴唇。

这就解释了弗洛伦斯为什么不敢过河，为什么从她的眼睛里看到了惊恐。

"当我们从姑姑家回来的时候，爸爸再也不像从前一样了。他既不睡觉，也不洗漱。整个房子乱七八糟，没有什么是正常的。他就是整日整日地坐在祖母的那座钟前面，盯着它看。然后他就开始买更多的时钟。仆人们想把屋子收拾得跟

第二十六章 弗洛伦斯

以前一样,可是爸爸非常生气。最后他们都受不了这样的变化——那么多时钟,发出各种叮叮当当的报时声音。所以后来他们一个接一个都走了。"弗洛伦斯揪着指甲边上的皮肤,"我想,也许一切都是我的错。"

"可是……为什么呢?"海伦娜问她。

"要是我一直看着伯蒂,要是他走神的时候我没那么生气,也许我本应待在船上,不该睡着,这样他就不会掉进河里了。"

"可那只是一个意外,"海伦娜说,"这一点肯定所有人都知道。"

弗洛伦斯耸了耸肩:"爸爸拒绝谈论这件事或者伯蒂。有时候……感觉甚至就像伯蒂从来没有存在过一样。所以,我……就开始穿伯蒂的衣服,这样我就不会忘记他。但是我越穿伯蒂的衣服,越觉得不真实。"

海伦娜伸出一只手放在弗洛伦斯的胳膊上。海伦娜想告诉她,在她此前的生命中,没有人会比她哥哥更真实了,可是海伦娜不知道要怎么表达。也许此刻,她不需要说任何话。也许只要静静地坐在她这位朋友身边,就足够了。

"海伦娜,我真的不知道为什么那些时钟会停摆。而且,对于我爸爸夺走福克斯一家的东西这件事,我感到很抱歉。

他让你爸爸签了那样的合约,我也觉得很抱歉。我很讨厌他对凯瑟琳姑姑那么凶。我想……可能是因为伯蒂和妈妈的离去让他太伤心了,而我对这些情况又无能为力。"

海伦娜努力地隐藏着脸上惊讶的表情。不是弗洛伦斯让那些钟表停摆的。

"我只是……只是希望妈妈在这儿。她也许能知道怎么让所有的事情都重回正轨。她离开的时间越长,爸爸就变得越糟,而且也越来越注意不到我的存在。"弗洛伦斯郁闷地说,"我只是希望家里能变回以前的样子。"

突然有一种关于韦斯科特先生奇怪行为的想法从海伦娜的脑海里掠过,不过它就像一种怎么挠也挠不到的痒,渐渐消失了。

弗洛伦斯抬起头看着海伦娜问:"你是说,我们所有的东西都在马厩里——包括那些家具吗?"海伦娜点点头。弗洛伦斯的脑子里似乎燃起一团火花,就像一根刚刚划亮的火柴那样。"也许,那些东西能让爸爸想起这里以前是什么样子的。"她说。她依然拉着海伦娜的手,站了起来,拉着海伦娜穿过书堆成的迷宫,走到窗前,这里能俯瞰整个后花园。她指着一片漆黑中的马厩说:"原来这座房子里的所有东西都放在那儿,

第二十六章 弗洛伦斯

伯蒂的东西也在那儿。要是我们把那些东西都拿回来,然后把房子布置得跟从前一样,爸爸是不是就会想起那些美好的事情呢?能想起美好的事情总是让人觉得开心一点儿吧。"

海伦娜想起了他们在伦敦家里那幅挂在小客厅里的全家福,想起了她自己的爸爸妈妈,想起了她和爸爸坐在一起看那幅照片时收获的回忆和安慰。"我觉得这个主意很棒。也许,你应该还要在你爸爸面前穿上伯蒂的衣服。让他知道你有多么想念你的哥哥,也让他回想起你们以前的样子,这很重要。我们可以一次从马厩那边拿几样东西过来,比如地毯、台灯什么的,然后移走那些骨架钟,把书放回原来藏书房的书架上去。你应该拿回你的东西。"海伦娜说。她想起了她自己的母亲,要是没有奥比特,那些关于母亲的记忆大概会逝去得更快吧。她必须帮助弗洛伦斯和她的父亲想起伯蒂。"马厩里有一张牌桌。以前你们一家人是不是经常在上面玩游戏?"

弗洛伦斯点点头。"伯蒂爱玩'对儿'牌游戏。他总是'啪'的一下把手中的牌重重地拍到桌子上。"她在美好的回忆中扬起了嘴角。

"那本我找到的书,"海伦娜掀开弗洛伦斯书桌的盖子,拿出那本《五个孩子和沙精》,"是伯蒂的吗?"

弗洛伦斯又点点头，走过去把书拿了回来："他很喜欢读书，总是专心地埋头读书。有时候我站在藏书房里，闭上眼睛，忽略那些时钟嘀嗒的声音，想象自己能听到伯蒂读书时翻页的沙沙声。我必须要把这本书放回藏书房里——还有其他所有的书。我们不能忘记伯蒂。屋子里放满了时钟，而伯蒂的东西被丢在一个破破烂烂的马厩里，这完全不对。"

海伦娜冲她坚定地微笑着，说道："你说得对，弗洛伦斯。我们也不能让你的爸爸这样对待你。我们必须立刻行动起来。"

第二十七章

房子变成家

接下来的那个夜晚,海伦娜的父亲在迎接检查前正做着他惯常的钟表维护工作,看看那些摆锤摆动得是否正常,看看齿轮、表盘和发条是否都处于良好的状态。海伦娜伤心地发现,父亲平日里坚定的眼神,此时竟然有些飘忽不定,他检查那些钟表时,手指都是颤抖的。待在这座房子里感受到的压力,就像鲨鱼吞掉小鱼一样吞噬着他。当他跟海伦娜走进那个放着骨架钟的房间时,他停了下来。弗洛伦斯坐在门边那把平日里惯常坐的椅子上。她舔了舔手指,弯下腰去擦掉靴子上的一点儿污渍,然后在她的(也许更可能是伯蒂的)藏青色天鹅绒长裤上擦了擦手。

当海伦娜的父亲看到屋子里的样子时，他挠了挠鼻子，对海伦娜投去了一个疑惑的眼神。"那些……是什么东西？"他问道。

海伦娜看到了四座时钟已经被移到书架的角落里，取而代之的是一排皮面装订的书。她瞥了一眼那张小牌桌，以及上面放着的一盏带蓝色和奶油色织物灯罩的台灯。它们就放在窗户下宽大壁炉的右边。弗洛伦斯之前说过，它们之前就是放在那儿的。过去，在寒冷的夜里，他们全家经常在这个房间里，闲坐在壁炉前聊天或者玩游戏。

"好多书，一张桌子，"她回答道，"对了，还有一盏台灯。"

父亲转过头来，说："是的，我看到了。可是……这些东西是从哪儿来的？"

海伦娜看了一眼弗洛伦斯，这会儿她正凑在奥比特的笼子前喂它吃瓜子。她扬起眉毛，回应着海伦娜的目光。

"这……有什么问题吗，爸爸？"海伦娜有些迟疑地问。

父亲的目光仍然死死地盯着那张桌子和那盏台灯："不，只是……昨天这些东西还不在这儿。可是现在，它们在这儿了。"

海伦娜穿着靴子的右脚脚尖在地板上蹭来蹭去。她讨厌对父亲说谎，可这次又不得不骗他。要是他知道了，一定会阻止她们的这些计划的。

第二十七章 房子变成家

"今天韦斯科特先生会来检查这些钟吗?"海伦娜问道。

她的话似乎把父亲从恍惚中拉回现实。"当然。"他取出放在夹克里的怀表,匆匆看了一眼(但海伦娜并不知道为什么他要这样做,因为这个房间里有二十个走时精准的表盘可以看时间)。

如果韦斯科特先生看到他的女儿穿着伯蒂的衣服,这个房间里的部分东西也物归原位了,他会说些什么呢?那些回忆会涌入他的脑海,让他意识到他现在的行为是多么奇怪吗?也许他会紧紧拥抱弗洛伦斯,然后发誓忘了那些时钟,全心全意去寻找他的妻子。海伦娜把手放在背后,手指交叉着。

韦斯科特先生和他姐姐很快就来到了房间。"晚上好。"凯瑟琳温柔地说。她突然停顿了一下,看了一眼弗洛伦斯,然后又看着桌子、台灯和那些书。最后凯瑟琳看了看她弟弟,她的脸颊开始发红。

韦斯科特先生往后退了一步,用手捂住了嘴。

海伦娜的父亲清了清嗓子:"一切……都还满意吗,先生?"

韦斯科特先生仿佛没有听到。他缓缓朝弗洛伦斯走去,就像被一根绳子强行拖进了房间。他站在她面前,双手无力地垂在身侧。"弗洛伦斯,你……你为什么要穿上这些……这些衣服？"他轻声说道。

弗洛伦斯咬着下嘴唇，回应着父亲的注视。

海伦娜看着凯瑟琳，平日里她的额头总是光滑如丝绸，此时却皱了起来，可见一道道细纹。海伦娜的胃里燃起一阵消化不良的灼烧感，只恨自己怎么在晚餐的时候多吃了一碗斯坦利做的肉汁炖羊肾。她和弗洛伦斯犯了大错吗？

时钟发出的嘀嘀嗒嗒、叮叮当当、咔嗒咔嗒声填补了可怕的寂静。海伦娜希望弗洛伦斯能说点儿什么，告诉她父亲那些困扰着她的事情。可她的声音仿佛被时钟偷走了，深深地埋藏在齿轮和发条之间。

"立刻去换回你自己的衣服。"韦斯科特先生沉着嗓子说道。

弗洛伦斯默默地坐在椅子上，一动不动，双颊苍白。

韦斯科特先生用手掌搓着自己的脸颊。他闭上眼睛，然后又猛地睁开，盯着他的女儿，好像是在希望自己会看到不一样的东西或者不一样的人："弗洛伦斯·韦斯科特……我……我……"

"过来，亲爱的。"凯瑟琳一边说，一边帮弗洛伦斯站起来。凯瑟琳向韦斯科特先生投去了阴郁又绝望的目光。她的眼神里显然还有别的东西，有点儿像是……感激。可是她感激什么呢？凯瑟琳拉着弗洛伦斯，让她转过身来，然后抓住她的前臂，

第二十七章 房子变成家

把身子靠近她，近得两人都快鼻子贴鼻子了："你可以穿任何你想穿的衣服……"

"那些书……还有那张牌桌……是谁放在这儿的？"韦斯科特先生打断了他姐姐的话，眼睛扫视着房间。

海伦娜这会儿屏住了呼吸，突然想原地消失。

"是你吗？"韦斯科特先生朝着弗洛伦斯喊道。弗洛伦斯脸色苍白，弓着身子想要从凯瑟琳那里逃脱。

弗洛伦斯挣脱了姑妈的手，终于开口说话了："是我，爸爸。是我和海伦娜做的。"

"呃……好了……我带您看看这些时钟吧，先生？"海伦娜的父亲一边用眼神向海伦娜表示不认可，一边说道。海伦娜起了一身鸡皮疙瘩。毫无疑问，要是父亲知道福克斯一家的遭遇，他也会理解的。

韦斯科特先生对海伦娜的父亲点点头，咽了咽口水，双手紧握在一起。"是的……好吧……那些时钟。带我看看吧。"他有点儿气喘地说道。

"来吧，弗洛伦斯。我们去找斯坦利，然后你们可以给我看看你们俩最近的研究成果。"凯瑟琳牵着弗洛伦斯的手，带她向门口走去。

韦斯科特先生终于给了弗洛伦斯一点点关注,尽管这种关注也许并不是她想要的那种。当她离开房间时,她的眼神中有一种决心,一如那天她们从福克斯先生的商店回来时海伦娜看见的那样。那样的眼神,让海伦娜觉得,弗洛伦斯会不惜一切让韦斯科特先生再次注意到她的。

一块颇具异域风情的波斯地毯放在客厅里那个大理石砌成的壁炉前面。

主卧的窗台上,放着一只盛满鲜花的深绿色花瓶。

藏书房里的四个书架上都放满了书。

海伦娜感觉到了——水管中的水在咕咚咕咚流动。

电灯发出咝咝的声音。

楼梯在嘎吱嘎吱响着。

时钟嘀嗒嘀嗒地走着。

韦斯科特先生的房子里重新充满生机,仿佛是一种默许。

可韦斯科特先生还没有同意,不过这让弗洛伦斯和海伦娜更加坚定了决心,她们要继续把属于这座房子的东西都拿回来,直到他同意为止。

第二十八章

《五个孩子和沙精》

"爸爸病了。"两天后,弗洛伦斯在存放骨架钟的房间里,一边揉着像是有些酸痛的后颈,一边说道。

海伦娜正在给一座结构复杂的黄铜时钟抛光,那是一座以布莱顿行宫为原型打造的时钟。她把一块布缠在一个小镊子的手柄上,这样就能把镊子伸到那些塔楼和尖顶之间的缝隙里。"你说什么……病了?"她放下手中的镊子,问道。

弗洛伦斯盘腿坐在海伦娜的脚边,闷闷地敲着奥比特笼子上的那块镜子。清晨的阳光透过窗户照了进来,她靴子上的铜扣闪闪发亮。

"一、二,啪!鞋子跑掉了,嘻嘻,呱呱,啪!鼬鼠跑走了。"奥比特一边抖着自己的羽毛,一边叫道。

"凯瑟琳姑姑说,爸爸的脑子里一片混乱。我问了她我妈妈的事情,她说现在还没有消息。我觉得妈妈可能是离开我们了。也许,也许就是……回家对她而言太痛苦了。可我真的非常想念她。"

海伦娜感到手指发麻。是她建议弗洛伦斯在父亲面前穿上伯蒂的衣服的,也是她帮忙把那些家具从马厩里搬回来,还把那些书放回书架上的。要是非要找个人为韦斯科特先生的脑子愈加混乱负责的话,那可能就是她了。"我们一定能找到一个办法,让所有事情都变得更好。"她说道。

"凯瑟琳姑姑说,我应该专注在我的学业上。"

海伦娜皱起了眉头,说:"你姑姑非常希望你能获得良好的教育。"

"她一直是这样的,"弗洛伦斯说道,"虽然,爸爸最关注的还是伯蒂,可现在伯蒂已经不在了……"她的肩膀沉了下去。

海伦娜朝其中一个书架走去,上面已经快要重新被书填满了。她的手指从一排书脊上滑过,然后停在了《五个孩子和沙精》上。她很喜欢这本书。可怜的伯蒂也喜欢吗?她翻开第一页。

第二十八章 《五个孩子和沙精》

给伯蒂:

生日快乐!

你亲爱的朋友,特伦斯。

海伦娜盯着这几行祝福语。她被突如其来的记忆吓了一大跳。

她把书递给弗洛伦斯,问:"谁是特伦斯?"

弗洛伦斯皱着眉头读完那几句祝福语,说:"特伦斯是伯蒂最好的朋友之一。"

"几天前,有一个男孩往你们家大门扔石头。我很确定你爸爸叫他特伦斯。"海伦娜捡起镊子,解开上面缠着的布,说道。

"可是为什么特伦斯·马青顿会朝我们家扔石头呢?他看上去总是很安静,跟他爸爸完全不一样。"

"特伦斯·马青顿?"海伦娜想起了福克斯先生曾经说过韦斯科特先生的律师的名字,"他是那个律师的儿子?"

弗洛伦斯点点头,站起来,把书放回书架,用手轻抚着书脊。

海伦娜突然想起了他们来的第二天,在韦斯科特先生书房外不小心听到的电话内容:"我之前听到过你爸爸跟马青顿先生的通话。他似乎很生气。他说,那是给马青顿先生的最后一次警告，要是再不按照他说的做，马青顿先生立刻就会被解雇。"

"可是爸爸和马青顿先生一直是好朋友。"弗洛伦斯说。

海伦娜的脑子转得飞快，就像楼下门厅里放着的那座分层的时钟一样："有没有可能……有没有可能是马青顿先生让特伦斯弄停了那些时钟，因为他对你爸爸要解雇他的事情十分气愤？这可能也是特伦斯在你家附近转悠并扔石头的原因吧？"

弗洛伦斯看上去有点儿疑惑："可是特伦斯根本不懂关于时钟的东西啊。"

海伦娜瞥了一眼她刚刚在擦的骨架钟："让一座时钟停摆又不是一件很难的事情，只要用上发条的工具松松发条就行了。也许特伦斯的爸爸给他演示过怎么做。"

"可特伦斯是怎么进来的呢？自从伯蒂的葬礼之后，我就再也没见过他了。我真的觉得不是……"

"他之前肯定经常来找伯蒂玩吧。"海伦娜打断了她，把自己可能是在抓救命稻草的琐碎想法抛到一边，"他应该很熟悉你家。来吧，弗洛伦斯。我们应该去拜访特伦斯·马青顿，看看他知道些什么。"

第二十八章 《五个孩子和沙精》

"不,海伦娜。你今天不能出门。"父亲一边说,一边递给她一根需要装进一块外壳嵌着珠宝的精巧怀表的发条。

海伦娜沮丧地看着弗洛伦斯。

弗洛伦斯给她回了一个"你再试试看"的表情。

"但是我得出去买点儿东西,"海伦娜说,"是给奥比特的。"

父亲转过身来看着她,眼眶红红的。突然一阵愧疚感向海伦娜袭来。她一直在尽力帮父亲的忙,可是父亲工作的压力之大,是她之前没法想象的。

"今天下午,我得坐火车去亨廷登找一些非常稀有的钟表零件。其实之前剑桥就有一家钟表店卖这些零件,在玫瑰新月街上。不幸的是,上个月那家店倒闭了。是不是有点儿倒霉?"

海伦娜把手伸进了裙子的口袋里,紧紧地攥着拳头。爸爸说的是福克斯先生的商店。

"所以你得待在这儿,在我出门时把这些发条给装好。你的手指很灵活,正是我们钟表匠所需要的。海伦娜,今天我需要你用用它们。"

海伦娜的父亲留下一张需要处理的钟表的清单(以及另外一张她在提前完成任务的情况下还需要上发条的时钟的清

单）之后，便匆匆出了门，跳上了斯坦利叫来的两轮双座马车，说他下午稍晚一点儿就会回来。

海伦娜抱着双臂，站在窗户前，看着马儿拉着父亲坐的车厢嗒嗒地走远了。

"那现在怎么办？"弗洛伦斯说，"我可以自己去找特伦斯。"

"不。"海伦娜坚定地说。她捡起那两张清单，折了起来，然后把它们放在那个装着怀表的柜子里："我想亲自跟特伦斯聊聊，而且我觉得拉尔夫也应该来。如果特伦斯看到别人所受的伤害，也许他会更愿意告诉我们他知道的事情。"

"可是……你就那么肯定是他干的？而且，那些怀表怎么办？"弗洛伦斯有点儿紧张地盯着海伦娜折起来的清单，问道。

"弗洛伦斯，我们有很多问题需要得到答案。我们不能只是在这儿等着。斯坦利也许能帮我照看一下时钟，当然这可能会增加他的工作量。我们保证能在我爸爸回来之前赶回，然后接着处理这些怀表。"

弗洛伦斯的脸上闪过一丝笑容："如果你确定……"

"非常确定。"海伦娜说。她想起了拉尔夫一家的处境——上次去的时候，他们连吃的都没有："我得去厨房拿点儿吃的，然后带上奥比特，我们立刻出发。"

第二十九章

马青顿父子律师事务所

海伦娜在玫瑰新月街上那个空空如也的钟表店里找到了拉尔夫和他的妹妹以及母亲。她把拉尔夫拉到一边,跟他解释为什么她们想去找特伦斯·马青顿。拉尔夫告诉她们,他们一家现在的状况比之前更糟了,明天他和爸爸妈妈就得去米尔路的济贫院,妹妹们会被送到诺福克妈妈那边的亲戚家里,在这种时候他得想尽一切办法来改变他们的境遇。海伦娜感到喉咙一阵疼痛。她从口袋里掏出了一些从食品柜里带出来的黄油酥饼,递给拉尔夫。"带给你们的。"她说。拉尔夫终于露出了一点儿笑容,抹去了脸上的一些悲伤。

他们一路朝马青顿先生的律师事务所走去,海伦娜让拉尔夫背着装着奥比特的布袋。拉尔夫警惕地注意着奥比特的每一声鸣叫、每一次哼唱和每一阵窃笑。海伦娜希望奥比特可以稍微分散一下拉尔夫的注意力，让他不要过于沉浸在他们全家所处的困境当中。他们走过了一条通道，走上了一家酒馆背后的一条铺着鹅卵石的大街。酒馆后面立着两间摇摇欲坠的、被烟熏得黑黢黢的小屋，屋顶的瓦片破破烂烂的，烟囱也摇摇晃晃。两间小屋之间拉着好几根晾衣绳，好像是为了让它们保持直立似的。

"妈妈说，一共有十九家住在这两间小屋里。"拉尔夫低声说。

海伦娜瞪大了眼睛。剑桥的这两面怎么会靠得如此近呢？大学里五月狂欢周的化装舞会，就在离这里不到一英里的地方举行。他们继续往前走，最后穿过了一大片四面都是建筑的草坪。草坪的一边，一座宏伟壮观的酒店前，有人正在打板球，观众们则在附近搭起的白色帐篷里观看。

"这是什么地方？"海伦娜问道。一群骑着自行车的人低着头沿着草坪的对角线飞快地穿了过去，长外套被风吹起，如风筝一般在他们身后飞舞。

"一片公共绿地，叫帕克公园。"弗洛伦斯说，"凯瑟琳姑姑住的酒店就在那边拐角的地方。马青顿先生的事务所在酒

第二十九章 马青顿父子律师事务所

店右边。特伦斯他们全家都住在事务所的楼上。"

"我之前跟爷爷来过帕克公园，"拉尔夫说道，"他告诉我，1838年的时候，这儿曾经为庆祝维多利亚女王加冕而举行过一次盛宴，邀请了数以千计的穷人，甚至包括那些在济贫院里的。有啤酒，有牛肉，还有一支管弦乐队。他说，那是他人生中最美好的一天。"

在海伦娜看来，这就是个普普通通的公园，可是拉尔夫的记忆完全把它变成了另一个样子。她突然意识到，但凡稍微从表面往下挖掘一点，你就会发现一个地方会有多少种不同的面貌。

弗洛伦斯很快在一排又厚又重的铁栅栏前停了下来。绿色的大门上有一块光亮的黄铜牌子，上面写着"马青顿父子"。

一个眼距很近的男人，拿着公文包，一边自言自语，一边匆忙地出了门。跟他擦身而过的时候，海伦娜似乎听到了"债务与财产"几个词。

海伦娜伸出一只手握住黑色的栏杆，她温暖的手掌上传来一种冰凉的感觉。她咬着下嘴唇。要是马青顿先生告诉韦斯科特先生他们来过这儿怎么办？韦斯科特先生肯定会很生气，而且他肯定会把气出在海伦娜和她父亲身上的。但是在这个危机重重的时刻,她绝不能就此停止前进。

"来吧,海伦娜。"弗洛伦斯已经推开了那扇厚重的门。

海伦娜跟在后面,睁大了眼睛。屋里都是深色的木质装潢。地板,墙壁,天花板,还有桌子(后面坐了一个戴着半月形眼镜的男人,发色跟他正坐着的椅子一样深)。海伦娜想象这是一艘漂浮在海上的帆船,只是少了船体的晃动和海浪的拍打声。

"天哪!"拉尔夫喊道,眼睛瞪得跟茶杯碟子一样大。

"砰!去追黄鼠狼。"奥比特叫着。

"我有什么能帮你们的吗?"那个戴着半月形眼镜的男人警惕地看着奥比特,问道。

"我们是来找……特伦斯·马青顿的。"弗洛伦斯用她最大的声音说道。海伦娜就站在弗洛伦斯身边,与她肩并肩。

那个男人摘下眼镜,向前俯身,手肘撑在桌子上:"你们有预约吗?"

"呃,没有……但是……"

"那恐怕你们得离开了。特伦斯·马青顿今天一整天的安排都很满。"

弗洛伦斯看了看海伦娜:"特伦斯·马青顿……有日程安

第二十九章 马青顿父子律师事务所

排？他才十三岁而已。"

那个男人盯着他们："他明天的安排也已经满了。"

弗洛伦斯张开嘴想再问问。那人举起一只手，说："你问之前，我就可以告诉你，后天、大后天，之后的每一天都安排满了。"

弗洛伦斯的脸一下子沉了下来，她看了看海伦娜。他们现在还能干点儿什么呢？

"那我们就一直在这儿等着，直到特伦斯有空见我们。"海伦娜看了一眼马青顿先生木质装潢的办公室里右边靠墙的长木椅，坚定地说道。她拉着拉尔夫的手臂，走到椅子前，然后坐了下来。

拉尔夫叹了口气，然后重重地坐在了她旁边。

"叽叽喳，呱呱，一、二，扣好我的鞋子。"奥比特喋喋不休。

"嘘，可爱的鸟儿。"海伦娜越过拉尔夫，摸了摸奥比特的头。奥比特用喙轻轻啄咬着她的手指。"妈妈，妈妈，妈妈。"鹦鹉又叫了起来。奥比特发出了和海伦娜母亲一模一样的笑声，声音回荡在整个像船舱一样的房间里。那些从四周的墙壁、天花板上反射回来的声音让海伦娜感觉到一阵令她痛苦又快乐的奇异的战栗。她的母亲非常善良，如果她遇到这种情况，一定会尽自己所能去帮助拉尔夫一家的。所以海伦娜也会这样做。

弗洛伦斯依然站在桌子前,抱着双臂。

那个男人重重地叹了口气,把自己的椅子往后推了一下:"你们不能直接进来……还带着一只鹦鹉……然后要求见一个这会儿根本没时间见你们的人。"

"这真的非常、非常重要。"弗洛伦斯把双手撑在桌子上说道。

"三只瞎老鼠,三只瞎老鼠,拍拍蛋糕,一闪一闪,划、划、划蛋糕。"奥比特在包里扭来扭去。

那个男人瞪大了眼睛。

事务所的大门打开了。嗒、嗒、嗒、嗒!

海伦娜回过头去。是那个扔石头的男孩。他的身边站着一个眼睛细长的男人,男人挂着一根细得像藤条一样的手杖。那根手杖在地板上敲了起来,一下、两下、三下。他的小眼睛从他们每一个人的身上掠过,当他看到奥比特的时候,嘴唇微微翘了一下。海伦娜咽了咽口水。这一定就是马青顿先生了。当他看到他们在他的办公室里的时候,他看起来一点儿都不乐意。她突然怀疑自己来这儿的决定是不是有点儿太草率了,她是不是无意中把她的朋友们都带进了一个虎穴。

第三十章

特伦斯

弗洛伦斯有点儿不确定地望了海伦娜和拉尔夫一眼，然后朝马青顿和他的儿子那边走了一步。"呃，马青顿先生、特伦斯，你们好。我们……我们……想邀请特伦斯到外面……跟我们玩一会儿，可以吗？"

马青顿先生的眼睛眯成了一条缝。他像只公鸡那样往前探了探脖子，上上下下打量着她，还仔细端详她的衣服。"弗洛伦斯……小姐？"他再次用手杖敲了敲地板，这次是四下。然后他又看了一眼拉尔夫。"福克斯家里的男孩。"他喃喃道。他把手杖放在台子上，然后慢慢摘下自己的黑色皮手套。

"就是他们拿走了我们的东西。"拉尔夫悄悄对海伦娜说，他的腿微微颤抖着,"时钟停摆的那个晚上,就是他们跑来把我们家的东西装进一辆马车里带走了。"

海伦娜点点头,镇定地用手在他右膝盖上按了一下。"而且这个就是往弗洛伦斯家大门扔石头的男孩。"她也悄悄对拉尔夫说道。

"马青顿先生,呃,我已经告诉过这些孩子,特伦斯没时间见他们。"那个戴着半月形眼镜的男人说道。

马青顿点点头,说:"很对。是的,他的日程已经排得很满了。下午他非常忙,得帮我看账本。好吧,弗洛伦斯小姐,祝你们今天过得愉快。帮我给你父亲带去问候,他一切都好,对吧?"

"嗯……是的……他一切都很好。"弗洛伦斯说道。

马青顿先生摇了摇头,似乎带着一丝懊悔,抿着嘴唇朝双扇门走去。

特伦斯低着头看着地板,跟在他父亲后面。

"不,等等。"这话像是洪水冲破了堤坝,从弗洛伦斯的嘴里蹦了出来,"求求你了,马青顿先生。我就想跟特伦斯说几句话,是关于……伯蒂的。"

马青顿先生看了看特伦斯,又看了看弗洛伦斯,再把目光收回到特伦斯身上。他摸了摸下巴,然后又摸了几下。"弗洛

第三十章 特伦斯

伦斯小姐，我对你们家人的遭遇深表遗憾。"他说这话的时候显得十分真诚，还使劲搓着下巴，海伦娜都怀疑他会不会把下巴搓掉了。"好吧。你们可以跟特伦斯聊五分钟。"他突然高声说道，海伦娜的胳膊上立刻起了一层鸡皮疙瘩，"但是你们得快点儿，特伦斯。我们还有工作要做。"

弗洛伦斯已经拉着特伦斯朝门外走去，躲过那些自行车和马车，走到马路对面的帕克公园。她靠着一根树干，抱着双臂，等海伦娜和拉尔夫赶上他们。

"我爸爸的东西在哪儿？"拉尔夫紧握着拳头，脱口而出。

特伦斯浆得笔挺的衬衫领子以上的脖子部分刷的一下红了。"你到这儿来干吗，弗洛伦斯？"他不理拉尔夫，紧锁着眉头向弗洛伦斯问道。他上下打量着弗洛伦斯，又问："天哪，这些……你穿的是伯蒂的衣服吗？"

"你跟伯蒂是好朋友，"弗洛伦斯没有回答他的问题，"可你为什么要朝他家——我们家扔石头呢？"

海伦娜觉得她看见了特伦斯的下嘴唇在颤抖："我不知道你们在说什么。"他的声音似乎比之前更生硬了一些。他把双手插进裤兜里，回头望着他父亲的事务所。

"我爸爸的东西在哪儿？"拉尔夫朝特伦斯走近了一步，

又问了一遍。

海伦娜看到拉尔夫的怒火就像开水壶里的蒸汽一样往上升，便把一只手放在他的肩膀上。

特伦斯的嘴唇紧紧抿着。

"请告诉我们，拉尔夫家里的东西在哪儿？"弗洛伦斯说道，"他们家什么都没了。明天以后，他们全家就要被送到济贫院去喝粥了。伯蒂要是在的话，也会希望你帮帮他们的。"

"我告诉过你了，我什么都不知道。"特伦斯转身离开。

弗洛伦斯倒吸了一口凉气，向特伦斯离去的背影走近了一步。"你还记得你小时候，伯蒂是怎么在读书方面帮助你的吗？你坐在藏书房里，他就给你读他关于植物学的书。你说过，如果他需要什么帮助作为回报的话……"

海伦娜咽了咽口水。她从来没有见过弗洛伦斯如此……有生气，如此有活力。她的脸烧得变成了红色和橙色，以及介于这两者之间的颜色。

"你们怎么能让一个家庭忍饥挨饿到这种地步？"弗洛伦斯接着说道，一连串的话像子弹一样从她的嘴里喷射出去，"你一定知道点儿什么。"

拉尔夫原地跳了起来。他的声音突然响起，清晰而有力：

第三十章 特伦斯

"请你帮帮我们,我的妹妹们都饿得不行了。要是我爸爸能把他修理钟表的工具拿回来,他就可以继续工作,养活我们全家,还清之前的债务了。"

一对牵着一条棕色腊肠狗的男女停了下来,看着他们。

"特伦斯,是你弄停了韦斯科特先生的钟表吗?这跟你的爸爸有关系吗?你可以告诉我们的,"海伦娜说道,"我们只是想知道到底发生了什么。"

"我,弄停了那些钟?"特伦斯回过头来,看着海伦娜,双颊蜡黄,"我为什么要那样做呢?福克斯一家失去了所有东西,我很难过。是真的觉得非常难过。但是我帮不了你……还有凯瑟琳·韦斯科特小姐……我就是……不能。"他又迫切地看了一眼他父亲的事务所。那边的门开着,马青顿先生正看着他们,他的手杖正嗒嗒地敲打着台阶。

海伦娜盯着特伦斯,问:"你帮不了凯瑟琳·韦斯科特,这是什么意思?"

特伦斯的脸涨成了深紫色,可嘴唇还是紧闭着。

弗洛伦斯在她的裤子上揩了揩手,朝特伦斯又走近了一步。"我不会走的,除非你告诉我们福克斯一家的东西在哪儿。"她说道,双脚牢牢地站在草地上。

特伦斯开口好像要说点儿什么，然后又合上了。他突然转过身去，拔腿就朝他父亲的事务所跑去。

弗洛伦斯盯着他的后背，然后砰的一声坐在了草地上。"对不起，拉尔夫，我以为特伦斯会帮我们。"

拉尔夫坐在她旁边，盘着腿，双手举着下巴。"我不想跟妹妹们分开。"他转过头去，擦掉了脸颊上挂着的一颗泪珠。

海伦娜感觉自己的五脏六腑都被挤到了一块儿。她转头看了一眼坐落在帕克公园一角的酒店，就是凯瑟琳住的那家。特伦斯说他帮不了凯瑟琳·韦斯科特是什么意思？他提到她的时候，似乎很不安，就像弗洛伦斯的姑姑靠近奥比特时奥比特的反应一样。海伦娜回想起凯瑟琳在跟她弟弟讨论他的健康问题时使用的那种命令语气。要是她真的如此在意他们家族的幸福，为什么她不选择跟他们一起住在那座房子里呢？还有，她整天都在忙什么呢？海伦娜折下一根草，用手掌把它抚平。要解答的问题好像变得越来越多了。要弄清楚凯瑟琳·韦斯科特到底在做什么，她可能还得求助于她的新朋友们。

第三十一章

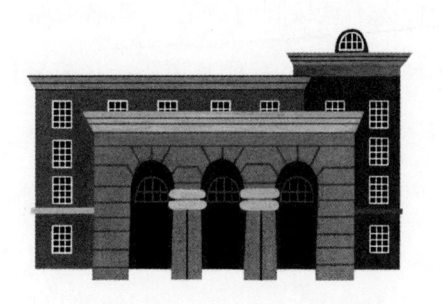

阿姆斯大学酒店

海伦娜、弗洛伦斯和拉尔夫都仰头盯着阿姆斯大学酒店那爬满常青藤的乔治王时代风格的窗户，想必那里是一个绝佳的俯瞰帕克公园的位置。

"我真的不太确定，"弗洛伦斯咬着大拇指的指甲说，"你们觉得我姑姑到底在隐瞒什么呢？"她先前同特伦斯说话时的劲头已经消失得无影无踪了。这是意料之中的事，所有闯入她姑姑酒店房间的人都会有这样的感觉。

"特伦斯说，他帮不了凯瑟琳·韦斯科特。这意味着，她肯定向他请求过什么事情。"海伦娜轻抚着奥比特的冠羽说道，这会儿它正烦躁地在袋子里晃来晃去。

"我们为什么不直接问问她呢？"弗洛伦斯取出了她的怀表，"看看时间，海伦娜！我们难道不应该赶紧回家，然后赶在你爸爸回来之前完成那些工作吗？"

弗洛伦斯像海伦娜一样变得越来越善于提问题了，而海伦娜却越来越不知道该怎么回答她的问题。海伦娜不由自主地咬着脸颊内侧的肉，回想起每次凯瑟琳靠近奥比特时，它都会举止异常；还有那天晚上她在韦斯科特家马厩里鬼鬼祟祟的行为以及她鼓励弗洛伦斯一定要实现自己的抱负；她还给弗洛伦斯带来关于建筑和飞行器的书。她所有的这些举动是不是更加证明了有某种奇怪的力量紧紧地控制着韦斯科特一家？或者还有其他的原因——一些可能解释这个"钟表之家"里发生的所有怪事的原因？海伦娜觉得这一切好像都没办法用言语跟弗洛伦斯解释，所以她干脆闭嘴了，什么也没说。

"记住我们要干什么。"海伦娜坚定地说，"首先，我们问问韦斯科特小姐在不在房间里。要是她在的话，我们就得赶紧跑。要是她出去了……"

"……你就跟酒店的大堂经理说，你有一个十分重要的包裹要给她，所以必须亲自送到她的房间里去——只能由你亲自送。"拉尔夫接话道。

第三十一章 阿姆斯大学酒店

弗洛伦斯皱起了鼻子，说："你确定吗？这听起来也太不可信了。而且，我们也没有什么包裹可以给她。"

"一闪一闪亮晶晶……叽叽喳……呱呱……挂在天上放光明……呱！"奥比特唱着。

海伦娜叹了口气，从口袋里掏出一小把瓜子喂给奥比特吃。他们已经花了十五分钟讨论怎么进入凯瑟琳的酒店房间——那是海伦娜希望能找到一些问题的答案的地方。

拉尔夫说他可以假装晕倒，吸引酒店经理的注意力，然后海伦娜就可以溜到柜台后面取走房间钥匙。但这个主意很快就被推翻了，因为他们意识到他们根本不知道凯瑟琳住在哪个房间。

弗洛伦斯的主意是，让海伦娜哭着去找酒店经理，说她是凯瑟琳·韦斯科特的侄女，她要到凯瑟琳的房间里给她留一张私人便条（弗洛伦斯觉得自己穿着男孩的衣服，要是这样说的话，也许会引起酒店经理更多的怀疑，从而产生更多的问题）。

"看。"弗洛伦斯指着路对面说。

孩子们躲到一边，身子贴着一家书店外的墙壁。凯瑟琳正从酒店大门出来，看门人正用钦佩的目光看着她。她似乎有些心不在焉，看门人给她叫马车的时候，她两次从口袋里掏出怀表来看。她把怀表塞回大衣口袋里,登上马车,扬长而去,拉车的马在路上留下一大坨粪便。酒店的门童在后面打了个手势,摇摇头,取来一把靠在酒店外墙上的铲子。

"就现在,"拉尔夫轻轻推着海伦娜,"这会儿看门人正好看不见。"

"是的……快去。"弗洛伦斯催促道。

"可是……我们还没想好我要说什么呢。"海伦娜的心跳开始加速。

"你会想出来的。"拉尔夫又推了她一下。

海伦娜深深地吸了一口气,挺直腰板,扯了扯身上的衬衫,把奥比特递给弗洛伦斯,脑子里突然蹦出来一个主意。她只希望自己能成功。

拉尔夫是对的——门童正全神贯注地处理那坨马粪,全然没有注意到海伦娜已经溜进了酒店的大门。大堂里十分繁忙;在小小的休息厅里,许多带着行李箱和毛毡旅行袋的家庭坐在盆栽棕榈树边的椅子上。两个小姑娘正围着柱子追逐着,扎着的辫子都飞了起来。海伦娜大步走到桌子前面,桌子后的男人正盯着孩子们看,咬着嘴唇,想告诉她们他的想法,可他不敢。

第三十一章 阿姆斯大学酒店

"你好!"他有些傲慢地冲着海伦娜打了个招呼。

"我姑姑——就是凯瑟琳·韦斯科特小姐——刚刚离开了酒店。我正好和她错过了。"海伦娜用手绢轻轻擦着额头,好像刚刚跑过步一样,"我要交给她一样东西,让她带到房间里去。"

一听到韦斯科特小姐的名字,那个人的脸上就泛起了一层不同寻常的光彩。"她侄女!是的,她之前提过,她在剑桥期间和家人待在一起。"

海伦娜搜肠刮肚,想着该怎么回答。"对,是的。她就住在我们……家附近……这真是太好了。"

"现在她租下了位于格兰切斯特的一间小屋,我想她今后会更常来看你吧?"

海伦娜呆呆地看着那个人。位于格兰切斯特的小屋?他到底在说什么?"嗯,我得把东西交给她。她明确对我说过,让我一定要亲手把东西交给她,或者放到她的房间里去。"海伦娜重复道。

男人笑了一下,伸出一只手:"小姐,你可以把东西留在这儿,我保证它会完好无损地放在酒店里,等她一回来我就交给她。"

"噢,我觉得你可能有些误会了,"海伦娜说道,"她跟我说一定要亲自把这个东西放到她房间里去。这个东西……有点儿敏感。"

那人好奇地上下打量着海伦娜,好像要在她身上找出那个东西。"好吧……"他的语气变得犹豫了。

"她真的对你们……可爱的酒店非常非常满意。"海伦娜提高了声音,想盖过那些孩子的尖叫声,"她之前说过,圣诞节来的话可能还要住在这儿……那会儿她的小木屋应该还在……装修。"说这些话的时候,海伦娜的脸颊有些发烫。

那人在桌上轻敲了一下手指,然后转身从桌子后面的一排排钩子上取下一把钥匙。钥匙上有一个大大的黄铜名牌,上面刻着"格兰塔套房"。他把钥匙滑过桌面:"那个行查员会带你上楼。确保五分钟之内把钥匙还给我。"

海伦娜突然听到身后传来"哐当"一声。她回头一看,拉尔夫晕倒在地板上。她一只手捂住嘴,倒吸了一口凉气。不过她立刻想起了他们的计划,硬生生把笑意憋了回去。"天哪,那边那个可怜的男孩。"海伦娜拿起钥匙,放进了她的外套口袋里。

"唉,小孩就不应该到酒店里来。"那人嘟囔着,从柜台后面冲了出去。

第三十一章 阿姆斯大学酒店

　　海伦娜在心里感谢着她的小伙伴,掠过那个跑过去给酒店经理帮忙的行查员,敏捷地跑上了楼梯。这会儿拉尔夫已经坐了起来,一边揉着头一边呻吟着。拉尔夫碰上了海伦娜的目光,迅速地对她眨了眨眼。接着他又开始大声呻吟起来,问他们可不可以把盆栽递给他,他担心自己会吐。

　　海伦娜又忍住了笑,赶紧朝楼上跑去。

第三十二章

帽盒

当把钥匙插进凯瑟琳房间的锁孔时,海伦娜的手指有些颤抖。一个穿着三件套西装的男人,抽着烟斗,路过的时候向她点了点头。她在烟雾缭绕的空气中忍住了咳嗽,也点头向他示意。他突然回过头来,颇有深意地看了她一眼,仿佛知道她要干一件她本不应该干的事情。海伦娜只得冲他露出一个最明亮、最自信的笑容。等他转身走开,她推开门,走了进去,然后把门关上。

傍晚蒙眬的日光从大大的窗户倾泻而入,她眯了眯眼睛。房间装修得很好——漂亮的花墙纸,墙上的壁灯,甚至有一间小小的浴室。咖啡桌上放着各种女士服装和帽子的目录,一

第三十二章 帽盒

切都井然有序——目光所及之处，完全没有任何能提供线索的文件，回答为什么凯瑟琳曾经向特伦斯求助。凯瑟琳的外套挂在房间角落里的衣帽架上。海伦娜摸了摸那件蓝色的外套；有天晚上，她曾羡慕地看着凯瑟琳穿着它检查钟表，现在衣服的下摆还沾着泥巴。她小心翼翼地把手滑进外套左边的口袋。除了一块一角绣着一簇风铃草的棉质手帕，没有别的了。海伦娜举起手帕，放到鼻子下闻了闻。闻起来……不像是凯瑟琳的香水。这个味道更清淡，也更熟悉，好像是薰衣草的味道——是她母亲最喜欢的味道。海伦娜把手帕放回外套口袋里，然后又检查了其他的几个口袋，都是空的。

正当海伦娜向屋子另一边墙上半开着的门走去的时候，一股决心涌上她心头。那扇门是通向卧室的。窗户下面堆着装帽子的盒子（一共五个），而盒子后面，紧挨在床边上，有一个小小的斗柜。上面放着一本书。海伦娜走过去，拿起那本书——《商业原理》。她皱起了鼻子，这个书名看上去就很枯燥。凯瑟琳为什么要看这样一本书？海伦娜正快速翻阅的时候，一张被凯瑟琳当作书签的字条从书页中掉到地毯上。海伦娜弯腰捡起它，屏住呼吸，念出了上面的字。

1905年5月27日

邮局电报

寄给：剑桥，特兰平顿大街，哈德威克宅，E. 韦斯科特先生

亲爱的女儿，

　　我终于启程回家了。我将在6月1日的下午5点25分抵达剑桥的车站。我希望你们两个一起来接我！我都等不及跟你们团聚了！

....

深爱你的，

妈妈

　　两个礼拜前就是6月1日。这么说，弗洛伦斯的母亲已经回到英格兰了。海伦娜确定弗洛伦斯根本不知道这个消息。可是为什么凯瑟琳把它当作书签呢？她应该马上给弗洛伦斯和拉尔夫看才对。她把电报揣进口袋里，然后朝门口跑去，不过她跑得太快了，膝盖正好撞翻了一个帽盒的盒盖。她弯腰去摆好它，恰好看到了盒子里的东西，吓得捂住了嘴。一只死了的知更鸟被细细的线固定在一顶帽子上，它红色的胸脯鼓

第三十二章 帽盒

鼓的，曾经炯炯有神的黑色眼睛如今毫无生气地瞪着。海伦娜的心脏怦怦地撞击着胸膛，她觉得有点儿恶心。她想把盒盖盖上，却发现帽子底下有一个什么东西露了出来。她小心翼翼地把帽子推到一边，然后取出了一个信封。那上面写的是凯瑟琳小姐在阿姆斯大学酒店的地址。她从里面取出信来，然后念道：

1905年6月16日

亲爱的韦斯科特小姐，

　　今天我进一步征求了您弟弟埃德加·韦斯科特先生的意见。给您写这封信是想告诉您，诺福克的圣·安德鲁斯精神病院已经给他预留了一个房间，他具体要留多长时间，还有待确认。我在给精神病院的报告里清楚地写明了韦斯科特先生现在所经历的困难（包括强迫行为，偏执，无法与他还活着的孩子沟通）。失去唯一的儿子和继承人的悲伤，妻子切断了和他的所有联系，并且下落不明的情况，都造成了他的现状。鉴于他症状的严重性，我建议一旦您跟我提到的实际计划落实妥当，就立刻安排他入院治疗。我等您的进一步安排。

> 您最真挚的,
> R. 巴林顿
> 精神医学博士

海伦娜把信放回信封,然后塞回盒子里。凯瑟琳·韦斯科特打算把弗洛伦斯的父亲送到诺福克的精神病医院。要是他走了,弗洛伦斯该怎么办?她的胃里顿时像翻江倒海一般。弗洛伦斯的父亲真的像巴林顿医生说的那样病得那么重吗?海伦娜的母亲曾经告诉她附近街上有一个妇女,因为大声发表自己对妇女参政运动的意见,被丈夫送进了精神病院,从此就音信全无。

"我说,"酒店经理突然闯进了房间,"这真是太不正常了……我的……这真是一顶华丽的帽子呀!"他的目光从海伦娜的肩上越过,落在那个帽盒里,"这只鸟保存得太好了,看上去就好像……是活的一样。"

海伦娜一阵恶心。"是的,看起来真像。"她喃喃道,轻轻侧了一下身子,把钥匙往酒店经理的手里一塞,冲出了门。

第三十二章 帽盒

三个孩子在傍晚柔和的暮色中，低着头，快步走回了特兰平顿大街。

"我不信。"弗洛伦斯说道，脸绷得像一面鼓，"为什么凯瑟琳姑姑不把那封电报给我？我一直以为妈妈把我们给忘记了。要是她已经回来了……那她现在又在哪儿呢？"

"还有一件事。"海伦娜告诉了她那封来自巴林顿医生的信。

"可是我爸爸又没疯，"弗洛伦斯大喊着，"凯瑟琳姑姑不能把他送走——她不能！为什么妈妈还不回家？她肯定会马上制止这件事的。"弗洛伦斯说完，紧闭着双唇。

海伦娜调整了一下肩上装着奥比特的布袋，太阳穴突突突地跳着，让她头疼得直皱眉。凯瑟琳·韦斯科特在外面总是以温和的形象示人，可是海伦娜能感觉到，她本质上是一个非常复杂的人，就像钟表的内部运作机制一样。可是她又对弗洛伦斯很好，给她请了家庭教师来培养她的抱负，还给她带书。而且，他们还没有进一步发现为什么凯瑟琳曾经希望得到特伦斯·马青顿的帮助。所有的一切交织在一起，变得如此混乱，海伦娜感到天旋地转，头痛不已。

弗洛伦斯突然停下了脚步。"看。"她喘着粗气说道。

海伦娜抬起头,皱起了眉。弗洛伦斯的家就在大街对面。整个房子仿佛一棵圣诞树一样被点亮了,灯光照亮了每一扇窗户。几个路过的行人停下脚步,欣赏着这个奇观。海伦娜听到一个女人跟她朋友说:"想象一下,要是你特别有钱的话,就能让每一个房间都亮起电灯,而且在白天都亮着。"

海伦娜倒吸了一口气。怎么所有的灯都亮着?这会儿她父亲应该回来了。是不是他和韦斯科特先生发现她并没有打理那些钟表,或者给它们上发条?

弗洛伦斯跑了起来,脚步声嗵嗵回响在人行道上。

海伦娜一把拽住拉尔夫的胳膊,紧跟着弗洛伦斯跑了起来。

"砰!去追黄鼠狼。砰!去追黄鼠狼。"奥比特惊恐地尖声叫道。海伦娜一边跑,布袋一边撞在她的侧腰上。

"爸爸!"海伦娜喊道,这会儿她和拉尔夫已经跟着弗洛伦斯跑过了大门,任凭门在身后砰的一声关上,"爸爸……对不起……"海伦娜停了下来,她在耀眼的灯光下眨着眼睛。

弗洛伦斯站在楼梯下面,重重地喘着气。有个人坐在最下面的台阶上,但看不清是谁。海伦娜推开弗洛伦斯,感觉自己的脉搏在脖子底下跳动。是斯坦利,他双手抱着头。他抬起头来,嘴里发出了低低的呻吟声。

第三十二章 帽盒

海伦娜跪了下去,感觉有一条冰冷的虫子爬上了后背。"究竟发生什么事了?"她问道。

"发生什么了?"弗洛伦斯也问他,"为什么所有的灯都开着?"

外面传来的声音打破了这里的静默——马车驶过的轰隆声,自行车的铃声,还有周围人们日常生活的模糊的谈话声和笑声。

海伦娜用手摸了摸自己的脖子,试图让自己的呼吸缓和下来。这座房子里,除了那些灯和显然很慌乱的斯坦利,有什么东西不一样了。什么东西……没有了。她把奥比特递给斯坦利,站了起来,打量着整个门厅。是那些时钟。那座具有异域风情的、走得很快的三层宝塔钟,以前总是让她焦躁不安,没法平静下来,但这会儿它停止了。这种安静就像一块冰开裂一样,在门厅里扩散开来。海伦娜跑到宝塔钟前,把手放到它冰凉的黄铜钟壳上,去感受齿轮和发条的振动。

钟,停,止,了。

海伦娜开始眼冒金星。她都干了什么?那份合约。我们就要失去所有的财产了,我要失去奥比特了。她用掌根捂住双眼,瘫坐在地板上,用力呼出一口又一口气。

第三十三章

时钟停止了

"不。"海伦娜喃喃着,胃里像汹涌的大海一样翻腾,"这些时钟不会停止的……这不可能。"

弗洛伦斯伸出一只手,搭在海伦娜的肩膀上:"我看到你爸爸昨天给这座金色的宝塔钟上发条了。斯坦利,这是唯一停摆的钟吗?"

斯坦利摇摇头:"许多钟都停了。我从大学回来,想给弗洛伦斯看一封信,来自……好吧……我想是莱特兄弟寄来的。五点钟整的时候,时钟开始报时,但我发现它们比平日安静许多。然后我就看到,一些时钟……停了。我一个一个房间地跑去检查过。"

第三十三章 时钟停止了

奥比特在自己的布袋里扭来扭去,轻轻地啄了一下斯坦利的手指。

弗洛伦斯瞪大了眼睛,她看见了那封放在餐边柜上的信。她跑了过去,盯着信封上那枚看上去像来自国外的邮票,拿起了信。

有些还在运行的钟照例在整刻钟的时候叮叮当当地报时。斯坦利调整了一下手握在布袋上的位置。

眩晕险些将海伦娜压倒。她应该整个下午都待在这里的——修理那些钟表,给它们上发条。可它们现在都停摆了。"我爸爸……还没从亨廷登回来吗?"她有些绝望地问道。

"他的火车应该晚点了。"斯坦利郁郁不乐地说道,奥比特啄他手的时候,他皱起了眉头。

"可是……我们必须马上给这些时钟上发条!十五分钟以后,韦斯科特先生就要来检查它们了!"海伦娜喊着。

"叽叽喳,呱呱,叽叽喳。"奥比特在斯坦利的大腿上使劲地扭着,尖声叫道。

绝望涌入了海伦娜全身上下的每一处:"这件事情不能被任何人知道。"

"可是我们不知道哪些钟停摆了。"弗洛伦斯一边说,一边把那封还没拆开的信放回到餐边柜上。

"海伦娜说得对。这些钟必须上发条。"拉尔夫说道,他瞥了一眼奥比特,"不然韦斯科特先生会……他会……"

各种想法在海伦娜的脑海中四处乱窜,就像被装在瓶子里的萤火虫一样。她不能让父亲回来的时候发现自己所有的东西都被拿走了。她不能也不愿失去奥比特。她知道现在已经没有时间了,但她会查明到底是谁干了这一切。

弗洛伦斯热切地看了一眼她的信,然后轻轻舒了一口气。"我们得快点儿行动。斯坦利,你检查这层楼的钟,海伦娜和我去检查三楼和四楼的。给所有停止的时钟上发条。现在,马上,快!"

"叽叽喳,叽叽喳,呱呱。嘀嗒——嘀嗒。"奥比特突然趔趄了一下,飞了起来。

海伦娜倒吸了一口气,盯着斯坦利大腿上敞开的布袋。

"哎呀!"斯坦利有些抱歉地喊出声来,在奥比特的尾羽扫过他脑袋之际瞪大了眼睛。

"没时间了,海伦娜。窗户都关着,它跑不出去的。快来吧!"弗洛伦斯一把抓住海伦娜的手,拽着她上楼。

奥比特飞上了楼梯,跟在她们后面,突然转入了那个放着

第三十三章 时钟停止了

落地大摆钟的房间,细小又欢快的叽叽喳喳声在空气中回荡。鹦鹉停在了门边弗洛伦斯的椅子上,舒展着翅膀,用嘴整理着自己的羽毛。海伦娜瞥了它一眼,觉得还是得把它放回笼子里去,以防它不小心碰坏了钟。不过弗洛伦斯说得对,现在已经没有时间了。时钟的嘀嗒声和钟摆轻轻摆动的嗖嗖声传入她的耳朵。还好,至少不是所有的时钟都停止了。

"看,我祖母的那座钟停摆了。"弗洛伦斯在房间另一边屏住呼吸说道。海伦娜赶紧跑到她身边。那个圆脸摆锤毫无生机地停在那里,那双有些可怕的天真无邪的眼睛盯着她们。海伦娜吞了吞口水。韦斯科特先生最喜爱的钟停摆了。

"上发条的钥匙在哪里?"弗洛伦斯问。

"爸爸把它们都放在那边的桌子上了。"海伦娜说。弗洛伦斯的目光顺着海伦娜指着的方向移向了一张空的桌子。海伦娜的腿在颤抖。时钟停了,上发条的钥匙不见了。这完全不合常理。有人拿走了那些钥匙。

"我去找钥匙。你去旅行钟的房间。"弗洛伦斯说,"那些钟比较容易上发条。"

海伦娜从房间里跑了出去,从奥比特身边经过的时候,它的羽毛沙沙作响。旅行钟和座钟的房间里的嘀嗒声也比往日要轻,这可不是什么好事。海伦娜站在房间中间那块从马厩里拿回来的波斯地毯上,转来转去,一座一座地扫视那些时钟,双手早就攥成了拳头。她的心跳声太大了,简直要吞没这些时钟的声音。她用一只手抚着胸口,想让自己的呼吸慢下来。那儿!一只上面有着丘比特的金色时钟,它的秒针不动了。

她大步走过去,双手颤抖着,把钟的背面转了过来,小心翼翼上着发条,一圈、两圈、三圈。嘀嗒、嘀嗒、嘀嗒、嘀嗒、嘀嗒。她完成了。不过才完成一座,剩下还有多少呢?

一座、两座、三座、四座、五座、六座……她依次给每一座时钟上发条,每座三圈,让他们在韦斯科特先生检查的时候有足够的动力运转。说到这儿……现在是六点差五分。五分钟之后,韦斯科特先生就该来检查他的时钟了。海伦娜咽了一下口水。她听到楼下房间里嗵嗵的脚步声,不时还传来一句斯坦利的叫嚷:"天哪,怎么又有一座停了。"

海伦娜闭上眼睛,给第八座也是最后一座停摆的旅行钟上发条。他们得阻止韦斯科特去落地大摆钟的房间。至少在它重新开始走动之前不能去。

大门砰的一声关上了。韦斯科特先生回来了。

第三十三章 时钟停止了

声音像袅袅上升的烟雾一样传到了楼上。

海伦娜屏住呼吸。

拉尔夫轻轻地跑上楼。"我想我已经让楼下的钟都在运转了,现在还有什么要做的吗?"他气都没喘过来,就轻声对海伦娜说。

"没用的,我找不到那些钥匙了。"弗洛伦斯在门边把头探进来说道,奥比特站在她的肩上。

"你知道给落地大摆钟上发条的钥匙长什么样吗?"海伦娜小声问拉尔夫。

拉尔夫点点头:"当然知道。"

"快去顶楼我们的房间里看看,看一下我爸爸的房间里有没有钥匙——朝右边的走廊走就是。"

拉尔夫又点了点头,像一只被猎犬追赶的兔子一样,蹿上了另一段楼梯。

一阵拾级而上的沉重脚步声从楼下传来。

弗洛伦斯绝望地看着海伦娜。"是我爸爸。"她低声说。

各种想法在海伦娜的脑子里滚来滚去,就像一个球被困在了木制的迷宫玩具里一样。之前某个圣诞节,爸爸妈妈就曾送过她这样一个玩具做礼物。这些想法最终通向的都是一条死胡同。这些时钟停摆,伤害的是她的父亲,还是韦斯科特先生?韦斯科特先生会说什么呢?她的父亲会原谅她吗?

"我跟奥比特会待在落地大摆钟的房间。"弗洛伦斯小声说道,"你试着拖住我爸爸。"

"可是……"海伦娜说道。她只听到身后放着落地大摆钟的房间已经关上了门,里面传来奥比特闷闷的叫声。她把手背在身后,十指交叉,只希望拉尔夫能找到那些失踪的钥匙,希望奥比特别乱叫,希望她给所有旅行钟都上过发条了。

"晚上好,格雷厄姆小姐。你父亲为时钟检查做好准备了吗?"韦斯科特先生沉着嗓子说道,眼眶有一点儿泛红。

"他要……迟到了。"海伦娜的声音是颤抖的。

韦斯科特先生的眼神突然变得凌厉起来,想从海伦娜身上找到她不打算说出来的真相。

"我爸爸说……他没来我们也可以开始。"海伦娜的声音比之前抖得更厉害了。她瞥了一眼楼梯:"凯瑟琳……我是说,韦斯科特小姐今晚不跟我们一起吗?"

韦斯科特先生抿了抿嘴唇:"我想,她可能也迟到了。"他揉了揉自己的脖子,"好了,那我们一起去检查所有的时钟是不是都在正常工作吧?"他示意海伦娜进入房间。

第三十三章 时钟停止了

海伦娜把一只颤抖的手放在黄铜门把手上,咔嗒一声,门拧开了。

"还好吗?格雷厄姆小姐。"韦斯科特先生的眉毛扬了起来,眼睛盯着门把手和海伦娜颤抖的手(这恰好和她内心祈求的保持镇定相反)问道。

"一切都好,简直完美。"海伦娜咬紧牙关说道,随即打开了门。她正在做着心理准备——也许她和父亲的未来要变得更加糟糕了。

第三十四章

时钟检查

　　海伦娜站在旅行钟和座钟的房间门口，舌头又干又涩又重，就好像所有的水分都被一根巨大的纸吸管给吸走了。凯瑟琳在哪儿？之前进行时钟检查时她都会来。不过海伦娜又有点儿庆幸凯瑟琳不在这儿，因为她要是在这儿，保不准自己就要说漏嘴了，透露出自己已经看到了弗洛伦斯母亲发来的电报，也知道她对弗洛伦斯隐瞒了韦斯科特先生就要被送到精神病院的事情。

　　韦斯科特先生依次检查着每一座时钟，双手背在身后十指交叉，歪着头仔细听时钟发出的声音。

　　海伦娜抬手解开了衬衫最上面的扣子，依然觉得喉咙有些发紧。

第三十四章 时钟检查

韦斯科特先生拿起一座小小的黄铜旅行钟放到耳边,海伦娜刚刚给这座钟上过发条。她屏住呼吸。她用钥匙转的圈数够吗?她肯定上好发条了,因为韦斯科特先生已经把它放下了,他快速地把目光转移到了艾萨克·牛顿爵士的台钟上。

海伦娜能听到斯坦利在楼梯平台那儿踱步的声音,偶尔还能听到地板的嘎吱声。那是拉尔夫吗?他有没有找到那些丢失的钥匙?落地大摆钟的房间完全没有传来任何叽叽喳喳或鸣唱的声音,弗洛伦斯一定想办法让奥比特保持安静了。但是还能保持多久呢?

当韦斯科特先生在这个房间里检查完三分之二的钟时,他突然抬起头,转身问海伦娜:"检查时钟的时候你父亲竟然不在,这真是太少见了。"

"他……他坐火车去亨廷登了,去找一些钟表零件。"海伦娜扯了扯衣领,望着门那边说道。

"有什么问题吗,格雷厄姆小姐?"韦斯科特先生的嗓音十分轻柔。他望着她,眼角竟然流露出小小的、鼓励的笑意。这一刻他看起来一点儿都不像是病了,只是有着不同寻常的忧郁。

海伦娜费劲地咽下嗓子里的干涩,摇摇头。

韦斯科特先生微微点了点头,说道:"这个房间就这样吧。

一切我都很满意。我们可以去落地大摆钟的房间吗？"

当韦斯科特先生打开门，领着她一起去隔壁落地大摆钟的房间时，海伦娜的双手都紧张地攥成了一团。"呃……要不……等等我爸爸回来？"她急促地说道，瞥了一眼斯坦利，他正在楼梯平台等着他们，眼睛都瞪大了。

韦斯科特先生回过头来，眼神依然柔和。海伦娜确定能从里面看到善意。"我完全信任你的父亲，格雷厄姆小姐。他是我雇过的最好的钟表维护师，还没有人像他一样能把这些时钟维护得这么好。"说完，他朝着落地大摆钟的房间大步走去，正要伸出手去拧门把手。

斯坦利像豹子一样一个箭步抢在他前面，拦着他开门："我想……楼下可能出了点儿问题，韦斯科特先生。有些事我必须跟您说。"

韦斯科特先生盯着斯坦利。海伦娜悄悄走到斯坦利的身边，也跟他一样背对着落地大摆钟的房间门站着。

"是……什么问题？"韦斯科特先生眯了眯眼睛，问道。

"是……有点儿私人的问题。"斯坦利擦了擦额头上冒出来的汗珠，说道。

"好的。等我把这些时钟都检查完。"韦斯科特先生的手

第三十四章 时钟检查

越过海伦娜，要去拧门把手。

"等等。"海伦娜急促地说。

韦斯科特先生的手又落了下来："到底怎么了？"他的声音里开始夹杂着一丝丝不快。

"我想……也许……你应该下楼跟斯坦利聊聊。这件事真的非常……非常重要。"

韦斯科特先生的两道眉毛都拧到一起了："格雷厄姆小姐，斯坦利跟你说了……他私人的事情？"

海伦娜慌忙看了一眼斯坦利，点点头："呃……是的，这件事儿……实在是太糟糕了。"

韦斯科特先生摸了摸自己的上嘴唇，眼神中透露着疑惑。

"韦斯科特先生，我真的马上就得跟您说这件事儿。"斯坦利又说了一次。

"难道是……有什么原因，今天晚上你们不想让我看这个落地大摆钟的房间？"韦斯科特先生问道，他的眉头皱成了一根根细线。

"不不，完全没有这个意思。"斯坦利说道。

这看上去也许有点儿太认真了，韦斯科特先生纤细的手指已第二次越过海伦娜，拧开了门把手。

第三十五章

珍贵的鸟儿

当门打开的时候,弗洛伦斯转过身来。

"嘀嗒——嘀嗒。"奥比特厉声叫着,展翅飞到了空中。

弗洛伦斯的右手攥着一把上发条的钥匙,面前的钟箱敞开着,钟罩放在脚边。上发条的钥匙"哐当"一声从她手上掉落下来。

"嗷!"拉尔夫惊慌地喊道。

韦斯科特先生静默地站在门口。他看了一眼拉尔夫,又看了一眼弗洛伦斯,最后将目光落在了奥比特的身上,它正围着天花板上挂着的枝形吊灯转圈。看到海伦娜,奥比特高兴地叫着向她俯冲而去,翅膀正好拂过韦斯科特先生苍白的脸

第三十五章 珍贵的鸟儿

颊。

海伦娜让奥比特停在她的手臂上,用颤抖着的手轻轻地抚摸它的翅膀。"我想……我应该解释一下。"她说道。

弗洛伦斯睁大眼睛注视着她的父亲。"这不是海伦娜的错。"她的声音小得像老鼠的一样。

"确实不是她的错,也不是她爸爸的错。"拉尔夫的声音同样细小,但很坚定。

其他那些还在正常工作的时钟发出凄婉的声音,似乎是在哀悼那些逝去的指针嘀嗒声和钟摆嗖嗖声。

"韦斯科特先生,要不我们下楼吧……"斯坦利一脸期待。

"安静!"韦斯科特先生的声音十分低沉,充满了威严。他的视线锁定在他母亲的那座钟——那座静止的圆脸摆锤上。他似乎有些出神,眼神呆滞,脸色苍白如大理石。他缓缓地朝那座钟走过去,把手放在钟箱上,仿佛希望摆锤可以重新摆动。"这座时钟从来没有停摆过,自从……"他停顿了一下,双手从钟罩上滑落,攥成了拳头。随后他用弯曲着的手指捂着双眼:"伊万杰琳……对不起。"

"这跟妈妈有什么关系?"弗洛伦斯问道,"而且这也不是海伦娜的爸爸造成的。"她说。

"但是……格雷厄姆先生是唯一照管这些时钟的人。他之前承诺过,要保证这些时钟都正常工作……"韦斯科特先生放下双手,眨着眼睛说道。他的脸上渐渐恢复了血色,泛着红晕。

"他确实做到了。"海伦娜气喘吁吁地说,"他绝不会让它们停下来。"

"看看……看看这个摆锤。"韦斯科特先生轻声说,话音轻到在上了发条的时钟的嘀嗒声中都快听不见了。

海伦娜偷偷看了一眼那个圆脸摆锤。那无声的笑脸像是在嘲笑她一般,海伦娜的心里充满了深深的恐惧。

"你还没意识到发生什么了吗……也不知道会有什么后果吗?"这次,韦斯科特先生提高了音量,整个身子都在颤抖,好像一个被小孩子抓在手中疯狂摇晃的布娃娃。

整个房间都在旋转。海伦娜的呼吸又浅又急促,一阵海啸般的眩晕让她感觉自己正置身水下。"不,"她喊了出来,"不。我真的不知道会有什么样的后果……但是……"

"你和你父亲,你们俩得为此负责。"韦斯科特先生打断了她。他朝着海伦娜从马厩带回来的一只花瓶走了过去,花瓶里插着从花园里采来的球状粉色牡丹。他用手指轻抚着一片花瓣。"我想事情也许还有补救的可能……我们……能有机

第三十五章 珍贵的鸟儿

会……"低低的呻吟声从他的嘴里冒了出来,"母亲、父亲、伯特拉姆、伊万杰琳。不。"

弗洛伦斯脸上的表情混杂着惊惧和窘迫。"爸爸。"她叫道,声音高亢而清脆,就像一片叶子在风中沙沙作响。"求求你了,爸爸。"她站在他面前,双手紧握在一起,"我们发现了一些事情……是关于凯瑟琳姑姑的。她……她说你……病了……她希望你去精神病院治疗。但是我不觉得……"

韦斯科特先生脸上的红晕更加明显了,就好像迅速蔓延的荨麻疹。"别说话了!"他吼了一句。

弗洛伦斯紧紧抿着嘴唇,退缩到墙边。

韦斯科特先生怒气冲冲地看了女儿一眼,然后又看了看海伦娜和站在她肩膀上的奥比特。

"停了,时钟,停了,嘀嗒,嘀。"奥比特叽叽喳喳地叫着,突然从海伦娜的肩上飞起来,落在了韦斯科特先生母亲的那座钟上。

"噢。"海伦娜嘀咕道。

弗洛伦斯一把拽住了拉尔夫的胳膊。

"那只……那只……鸟。"韦斯科特先生结巴了。

"呱呱。漂亮的鸟儿。漂亮的鸟儿。"奥比特喊着,"妈妈爱海伦娜。"海伦娜母亲的笑声从奥比特尖尖的喙里冲了出来，仿佛许多支长矛，它们一齐扎在了海伦娜的心上。

韦斯科特先生向前扑去，企图抓住奥比特的脚。

奥比特尖叫着飞走了，绕着房间飞快地转了一圈，停在了海伦娜的左肩上。

"把它给我。"韦斯科特先生小声命令道。

海伦娜把手伸到肩上，拽住奥比特的脚。它竖起羽毛，蹭了蹭她的脖子。

"把那只鸟拿过来，马上。"韦斯科特先生重复了一遍。

"漂亮的鸟儿，漂亮的鸟儿。"奥比特欢叫着。

海伦娜摇摇头，牢牢地站在原地，希望脚能长出根来，她和奥比特能像藤蔓一样缠绕在一起，永远不分开。

"啊，但是，先生……"斯坦利尖声说道。

"安静。"韦斯科特先生严厉地说道。

奥比特缩在海伦娜的脖子边上，小眼睛突然瞪大了。"睡觉了，该睡觉了，脑袋昏沉沉。"它絮叨着。

海伦娜的双腿开始颤抖。

"爸爸……不……求你了。"弗洛伦斯绝望地哀求道。

韦斯科特先生大步走向海伦娜，迅速从她的肩膀上掳走

第三十五章 珍贵的鸟儿

了奥比特。

奥比特尖声惊叫起来，拍打着翅膀，想从韦斯科特先生的手里逃脱。

所有的话都堵在海伦娜的喉咙里，化为灰烬。韦斯科特先生已经转身离开了房间，奥比特尖厉的叫喊声在他身后回荡着。她最害怕发生的事情，终于还是发生了。她失去了最珍贵的鸟儿——她母亲留存的最后一丝痕迹。她违背了父亲的意愿，在他出门的时候把这些时钟丢下不管，所以残酷的事实是，她只能责怪自己。

第三十六章

跟着他!

海伦娜的耳朵里回响着各种声音:话音,低语,喊叫,还有那些正在运转的时钟发出的永不停息的嘀嗒声。她的手还紧紧抓着几分钟前奥比特站着的地方。她闭上眼睛。韦斯科特先生夺走了奥比特。她觉得内心好像缺了一块,失落又孤独。韦斯科特先生会对它做什么呢?

一阵下楼的脚步声传来,还有更多嘈杂又急迫的声音涌向她。

"他把鹦鹉放进了笼子里,然后拿着它下楼叫了一辆马车。"斯坦利大声说道。

"海伦娜,海伦娜。快睁开眼睛。"弗洛伦斯着急地喊着。

第三十六章 跟着他!

泪水在海伦娜的眼眶里打转。马青顿先生马上就会来收走他们剩下的其他财物。她以一种最糟糕的方式让她的父亲失望了。对海伦娜来说,父亲的失望是难以承受的。

"快点儿,海伦娜。你必须得跟我们一起来。"弗洛伦斯说。

海伦娜轻轻地睁开了眼睛。

弗洛伦斯正跪在她面前,头发凌乱,眼神更是慌乱。

"奥比特。"海伦娜哽咽了。

"我知道,我们必须跟着爸爸,然后把奥比特带回来。"弗洛伦斯说。

"跟着他?可是他已经走了。"海伦娜耷拉着肩膀,"奥比特肯定被吓坏了。"

"我觉得去追韦斯科特先生可不是个好主意。"斯坦利的眼神因为忧虑而变得有些呆滞。

"这是我唯一能想出来的办法了。"弗洛伦斯一边说,一边领着海伦娜下楼,当她们经过那些停摆的时钟时,海伦娜觉得它们好像都在不信任地盯着她。

可她和父亲没有让那些时钟停摆。这不是他们的错。有人故意拿走了上发条的钥匙。有人在玩着最可怕的游戏。可是为什么呢?

弗洛伦斯打开大门，把海伦娜拉到了门口台阶上，拉尔夫紧随其后。

"嘿。"一个声音从右边传来，特伦斯·马青顿站在台阶底下。

弗洛伦斯松开了海伦娜的手，走下台阶，站在特伦斯面前。"是你。"她喘着粗气说道。

特伦斯低下头，用脚尖来回摩擦着地面，然后抬起头，伸出手去，像要塞给弗洛伦斯什么东西。

弗洛伦斯后退了一步避开他。

"看……我很抱歉。这是……"特伦斯再次伸出了他的手。"拿着。"他说道。

有一个什么东西在他的掌心微微颤动着。是一张小小的字条。弗洛伦斯伸手拿走了它。

海伦娜和拉尔夫走下楼梯，来到弗洛伦斯身旁。弗洛伦斯手上的字条边缘呈不规则的锯齿状，好像是从一个什么账本上撕下来的一样。

玫瑰新月街的钟表匠福克斯先生的财产，储存在剑桥米尔路 43 号。

第三十六章 跟着他！

弗洛伦斯的眼睛一下子亮了起来。

"我爸爸的东西！"拉尔夫兴奋地大喊，朝特伦斯感激地笑了，"我只是希望一切都还来得及。"

"请不要告诉我爸爸或者韦斯科特先生，我把这张字条给你们了。不然我会很惨的。"特伦斯吸着鼻子说。

"我姑姑跟这件事有什么关系？"弗洛伦斯急切地问道。

"韦斯科特小姐……她也想让我给她福克斯先生的东西所在的地址——她给了我一些钱，想从我这儿得到这些信息。我一开始是想帮她的，可是我有点儿怕我爸爸。"特伦斯用手背擦了擦鼻子，"他的手杖又细又长，能把我的膝盖打出血。"他又吸了吸鼻子。

那天是韦斯科特小姐在马车里——是她给了特伦斯一个硬币。海伦娜开始有点儿同情他了，肩膀随之放松下来。

"我跟爸爸去拿走福克斯一家东西的那天晚上简直太可怕了。小女孩们都在哭泣。我对韦斯科特先生和他所做的一切感到实在太气愤了。我知道，要是伯蒂还在的话，他也一定十分生气。我想做点儿什么……让韦斯科特先生感受一下我的愤怒。"

"所以，这就是你要朝我们家扔石头的原因吧？"弗洛伦斯说。

特伦斯点了点头。

"今天我见到拉尔夫……听说他的爸爸妈妈就要去济贫院了，我就改变主意了。我十分想念伯蒂。我知道他肯定会希望我能帮助你们。"特伦斯说道，"我在爸爸的办公室里找到了米尔路那个房子的钥匙。我们现在就可以过去取福克斯一家的东西。"他咬了咬自己的下嘴唇。"而且，等韦斯科特先生从格兰切斯特回来之后，我还要为我无礼的举动向他道歉。"

海伦娜惊讶得下巴都快掉下来了。

"格兰切斯特——你怎么知道他去那儿了？"弗洛伦斯的脸瞬间变得苍白。

特伦斯耸了耸肩膀。"我听见他跟马车车夫说的，他还带着你那只吵闹得厉害的鹦鹉。"他朝海伦娜点点头，说道。

斯坦利默默走过来跟拉尔夫和特伦斯说话，计划着雇一辆马车尽快去米尔路把那些东西拿回来。

"格兰切斯特。"一段回忆突然像烟花一样在海伦娜的脑海里绽放。她转过身去对弗洛伦斯说："那个酒店经理之前说过……他说……你姑姑在那儿租了一间小屋。那里远吗？"

弗洛伦斯的眼睛瞪得像猫头鹰一样圆："那个村子离这儿

不超过三英里。就在伯蒂出事的地方附近。"

"那我们得马上赶过去,也许你爸爸是要把奥比特带给你姑姑。"海伦娜说着,突然想起了在凯瑟琳酒店的房间里看到的那顶吓人的用鸟儿装饰的帽子,这段记忆像乌云一样笼罩在她头顶上。她转过身去,在街上小跑了一段路,疯狂地对着一辆路过的马车招手。马车在路边慢慢停了下来。海伦娜甚至等不及车夫从后面的座位上跳下来,就自己掀开了车厢前面的帘子。"快上来,"她冲弗洛伦斯喊道,"我们必须跟上他!"

弗洛伦斯有些迟疑地望着她。

"快来呀,弗洛伦斯。我们没有时间可浪费了!"

弗洛伦斯爬进了车厢,海伦娜紧随其后,接着砰砰地敲着车厢顶部的活板门示意坐在后上方的车夫:"去格兰切斯特。"马儿立刻小步快跑起来。海伦娜回头望了一眼房子,手指有些微微刺痛,她看见斯坦利、拉尔夫和特伦斯都目瞪口呆地看着马车离去。

第三十七章

鸟笼空空如也

"我不太明白。"弗洛伦斯说,马车仍一路颠簸,"为什么我姑姑要在伯蒂……溺水的地方附近租房子呢?"

"我有好多问题都想问问你姑姑。"海伦娜一脸严肃地说道,马车转弯的时候,她紧紧地拽住座位。她们静静地坐着,窗外的景色已经由各式建筑变成了一条窄窄的乡间小道。两侧的原野平坦如铁板一块,小麦在风中伫立。海伦娜敲了敲车厢顶部,催促车夫快点儿。当格兰切斯特第一批外墙刷了石灰的村舍出现在她们眼前时,海伦娜终于长舒了一口气。马儿嘚嘚地走过一家小酒馆,敞着的窗户里飘出小提琴悠扬的旋律和人们的阵阵笑声。韦斯科特先生把她珍贵的鸟儿奥

第三十七章 鸟笼空空如也

比特带给他姐姐了吗？如今越来越多的人反对用鸟儿装饰帽子。母亲去世之前，曾经告诉过海伦娜，她去伦敦参加过埃米丽·威廉姆森的一次精彩演讲。埃米丽协助成立了英国皇家鸟类保护协会，这个组织保护鸟类，反对用鸟儿的羽毛来装饰女士的衣服和帽子这类可怕的时尚。一阵恶心泛了上来，海伦娜只好往后靠在座位上。这个想法简直太吓人了，都不能细想——奥比特那么美丽、那么闪亮的羽毛也许会被粘在韦斯科特小姐某顶可怕的帽子上。

"看。"弗洛伦斯向前倾着说道。一辆停着的马车里有灯光闪烁，"那是不是我爸爸的马车？"

海伦娜又敲了敲车顶，大声叫马车夫停下来，弗洛伦斯则慌忙从口袋里找出几枚硬币。正当弗洛伦斯给车夫付钱的时候，海伦娜已经从马车上跳了下去，四处寻找那辆停着的马车的车夫。拉车的马被拴在一条小路入口旁的一棵树上。他是不是去她们刚刚路过的那家小酒馆了？她们刚乘坐的那辆马车渐渐走远，马蹄声也渐渐消失，只留下乡村夜晚的静谧。一只奇怪的脏兮兮的小鸡在草地边上啄食，咯咯咯咯地叫着。孩子们的说话声从那些茅草屋顶的小房子里传来。柴火的味道从烟囱里飘散出来。

海伦娜小心翼翼地拉开那辆停着的马车厚重的门帘，往里看。有什么东西在地上闪烁。是一根黄色的丝带，和之前弗洛伦斯系在奥比特笼子上的那面小小的镀金镜子。海伦娜捡起这两样东西，紧紧地攥在手心里。所以，韦斯科特先生就在这附近——这意味着，她的鹦鹉也在。她望着那条没有路灯的小路。风吹得灌木丛和树篱沙沙作响。夏日里，它们的叶子都长得非常茂盛，简直是一个绝佳的隐蔽处。她打了个冷战。

"也许我们应该回去找斯坦利？"弗洛伦斯咬着大拇指的指甲，轻声说道。

"不，你爸爸带着奥比特，他肯定就在这附近。"海伦娜开始沿着小路走，步入那些被拉得长长的影子里，对父亲失踪的担忧让她的呼吸更急促了。弗洛伦斯吭哧吭哧地跟在她身后。小路突然变窄了，只容得下一个人走。海伦娜咬紧牙关，继续往前走。奥比特站在母亲窝成杯状的手上。它的喙轻轻地啄着她手上的结婚戒指，金子在透过窗户照进来的阳光下闪烁着。海伦娜摇摇头，试图赶走那些记忆。她不能失去她的鹦鹉。

"等等，海伦娜。这条路……这条路是去河边的。"弗洛伦斯说道。

海伦娜回头看了看她的朋友。弗洛伦斯的嘴唇紧紧抿着，脸颊苍白。"弗洛伦斯，你要勇敢一点儿。我不会让你有事的。"

第三十七章 鸟笼空空如也

弗洛伦斯的呼吸开始颤抖，她使劲地摇头："我……我不能。从那以后……从伯蒂……我再也没有回来过这个地方……"她没有说下去，只是盯着地面看。

海伦娜咽了一下口水。这样强迫弗洛伦斯去面对那些回忆，真的好吗？"你爸爸就在附近——奥比特也在。求你了……弗洛伦斯。我也很害怕。我一个人做这件事情，我需要你的帮助。"

弗洛伦斯张大嘴巴呼吸，呼吸声有些粗重。她紧紧地闭了一会儿眼睛，把手攥成拳头，然后睁开双眼，有点儿不确定地朝海伦娜点了点头。

海伦娜冲弗洛伦斯感激地笑了笑，然后继续往前走，拨开挂住裙子的荆棘，翻过一段长满青苔的台阶，走进一片由绿色过渡到灰色的草地。有什么东西在她们面前闪闪发光，摇摆不定，似乎是某种流动的液体，就像水银一样。那是一条河。

当她们听到鹦鹉的叫声时，海伦娜觉得这一次的叫声完全不同于以往。那叫声既高亢又充满活力，仿佛是在与树枝间掠过的风合唱。奥比特！昏暗的暮色里，有什么金色的东西在闪闪发光。一个孤独的身影坐在奥比特空空如也的笼子边上，双手抱着头。海伦娜惊恐地看着弗洛伦斯，跑了起来。

第三十八章

警报声

"爸爸!"弗洛伦斯气喘吁吁地大喊道。

韦斯科特先生坐在河岸边一段倒下的树干上。他仰头望着天空——奥比特在空中盘旋着,叫喊着。

"叽叽喳——叽叽喳——叽叽喳。"奥比特在高处呱呱大叫。

海伦娜觉得心好像在流血。他们怎么才能把奥比特弄下来呢?

"爸爸。"弗洛伦斯又喊了一声,突然在离河边不远的地方停了下来,旁边有一些嫣红的罂粟花在微风中摇曳。

"弗洛伦斯?"韦斯科特先生站了起来,双手垂在两侧,"格雷厄姆小姐?对不起。你漂亮的鹦鹉……"

第三十八章 警报声

"你把它带走了。"海伦娜说着,大步朝他走去,满腔怒火在血管里沸腾着,"你打算把奥比特给你姐姐,如今它飞走了,而且我们永远不能让它下来了。"

"你为什么要带走海伦娜的鹦鹉呢,爸爸?"弗洛伦斯的声音带有一丝不快,"时钟停摆,不是她的错。"

韦斯科特先生又重重地坐回树干上,揉着脸颊。毛毛虫一般的战栗掠过他弓着的背。他看上去十分悲伤、渺小、失落,一点儿都不像之前那个从海伦娜的肩膀上掳走奥比特的脸色泛红的男人。"真的很抱歉。时钟又停摆了,那只鸟儿又在房子里飞来飞去,我非常生气。我没有打算伤害它。我把它带到河边来是想认真思考一下。但是笼子的门不知怎么开了,它就飞了出去。"

海伦娜的喉咙发紧。她瞥了一眼那个笼子,上面那个小小的挂锁不见了。她的鹦鹉是逃走的,不是韦斯科特先生放走的。

"叽叽喳——叽叽喳——叽叽喳。"奥比特喊道。

海伦娜怔怔地看着暮色沉沉的天空,只见一个盘旋的影子出现在上方。她的手指轻颤着,渴望把她的鸟儿抱在怀里,感受它满怀深情的啃啄。

"可是你为什么要把海伦娜的鹦鹉带到伯蒂溺水的地方来呢?"弗洛伦斯问道。她的声音与流水的潺潺声、风中芦苇的沙沙声交织在一起。

"晚上我经常坐马车来这儿——这是唯一一个让我的思绪不那么混乱的地方。"韦斯科特先生悲伤地说道。

一个想法突然在海伦娜的脑子里打转。在那些她曾经看到韦斯科特先生登上马车的深夜,他只是到他那可怜的孩子去世的地方来待一待罢了。

韦斯科特先生的喉咙里发出了呻吟的声音,下巴在颤抖。"要是母亲去世的时候,她的那座时钟没有停摆……也许,事情就会不一样了。"

海伦娜皱起了眉头,想到了那张挂在韦斯科特先生书房里的全家福——他的父亲和母亲,还有他和姐姐凯瑟琳,就站在那座有着圆脸摆锤的落地大摆钟的边上。

"可是奶奶的钟又跟这些事情有什么关系呢?"弗洛伦斯在慢慢靠近她父亲之前,警惕地看了一眼边上的河水。

各种各样的想法在海伦娜的脑子里交织在一起,就像一张蜘蛛网一样。

韦斯科特先生的书房里撒了盐;当凯瑟琳在他家撑起雨

第三十八章 警报声

伞时，他很生气；当看到姐姐那顶有着孔雀羽毛装饰的帽子时，他又心慌意乱；他执意不让奥比特在房子里飞来飞去。所有的这些事情据说都会带来厄运。

她怎么会想不明白呢？父亲以前也跟她讲过那些关于钟表的奇怪的迷信。他给她讲过一个故事，有个人带着他表兄一座小小的旅行钟来他的作坊。那个钟敲了两次之后就停摆了，那个人就以为钟坏掉了。过了没多久，那个人就给海伦娜的父亲写信，请他转卖那座钟，说无论如何那座钟都不能再摆到自己家里了，因为那人的表兄恰好就是在钟敲了两次的两天后死了——在那个人眼里，这绝不是一个巧合，而是一个不祥之兆。海伦娜的父亲不禁大笑，说自己从来没有听过如此荒谬的事情。

海伦娜的双腿开始发抖。她扑通一声坐在树干旁边的草地上："弗洛伦斯，你爸爸觉得时钟停摆是不吉利的。"

"什么？"弗洛伦斯显得有些难以置信，"这是真的吗，爸爸？"

"是的。"韦斯科特先生侧眼瞅了一下海伦娜，"我十岁的时候，母亲就去世了。她是在距离午夜还有五分钟的时候离开的。她最喜欢的那座钟也在那天停摆了。有一个众所周知的迷信就是，要是时钟停摆，家里就会有人去世。然后……然后……我父亲也很快去世了……"他盯着墨黑的河水,声音渐渐小了下去。在下游不远处,一艘平底船上传来了一阵银铃般的笑声。小彩灯挂在平底船的四周,照亮了穿着白色礼服的女士们和穿着黑色燕尾服、打着领结的男士们。"看,那儿有一只鹦鹉。"船上有个人喊道,接着,欢呼声像一只气球一样升到了空中。是奥比特。海伦娜交叉双手环抱着自己,试图让身体的颤抖平静下来。

"可是,一座停摆的时钟,怎么会跟一个人的心脏是否停止跳动有关系呢?时钟只是一个机械东西,而心脏是有血有肉的。"弗洛伦斯说道。她也坐在那段木头上,往她父亲那边靠着,直到胳膊碰上父亲的胳膊。

韦斯科特先生颤抖着叹了口气,说:"这是我父亲灌输给我的一种恐惧。那时候,我母亲去世之后不久,他也去世了——于是我就相信,这一定是真的。再后来,伯蒂也走了,我的世界又一次崩塌了。我开始有了时钟不能停摆的执念……我不能再失去任何人了。"

弗洛伦斯抬起头看着她的父亲,眼睛瞪得大大的。

海伦娜紧紧绷着脸颊。

"你妈妈那个时候身体很不好,伯蒂走了对她打击很大。

第三十八章 警报声

自从她离家去了欧洲之后,我能想到的,就是不惜一切代价让那些时钟一直运转,"韦斯科特先生用一只手捂住了嘴巴,"然后她就会回来,并且身体会好一些。"

奥比特向水面俯冲,然后又盘旋着飞回空中,翅膀在空气中掠过的时候发出了嗖嗖的声音。

韦斯科特先生站了起来,朝河边走去,目光越过河面上浓重的暮色,落在人们乘坐的方头平底船上。他转身看着弗洛伦斯,眉毛拧到了一起。"你妈妈本来要回家了,弗洛伦斯。我没告诉你和你姑姑——因为我怕给她的归来带来某种厄运。那天我去火车站接她的时候,感觉到前所未有的轻松。可是她没有出现。当我到家的时候,时钟停止了。我想……这也许是某种征兆吧,表明你妈妈也离我们而去了,就像那些我曾经深爱过的人一样。我简直心慌意乱,所以我立即让福克斯先生离开了。在委托格雷厄姆先生之前,我不得不自己维护那些时钟,这对我紧绷的神经来说就是雪上加霜。我也知道,把那条保证所有的时钟都不能停摆的条款加入合约里看上去有些霸道,但是我坚信这是唯一能够阻止悲剧再次发生的办法……"

"噢,爸爸。"弗洛伦斯往前跨了几步,拉住了韦斯科特先生的手。

之前海伦娜看到河流时的那种紧张感已经消失了，随之而来的是一种让她觉得有些晕眩的痛苦。

"当我被那些时钟的嘀嗒声和报时声包围的时候，我很难想到其他的事情，只会想起那些时钟和失去你妈妈的恐惧。但是……现在……我站在这儿……这似乎很可笑，并有些……荒谬……"韦斯科特先生说。他紧紧地抓住弗洛伦斯的手："凯瑟琳姑姑觉得我病了。我想，也许她是对的。对不起，弗洛伦斯。"

"可是你又没疯，爸爸。"弗洛伦斯着急地说道，"这就是我在家里急着要告诉你的事情。我觉得你只是太……悲伤了。因为伯蒂走了，妈妈也不在这儿。"

"是的……我想我太伤心了。"韦斯科特先生紧紧地攥了一下弗洛伦斯的手，"我害怕你妈妈再也不会回家了，这是最可怕的事情，弗洛伦斯。"

弗洛伦斯小声嘟囔了一句，把头靠在父亲的胸膛上。

海伦娜移开了视线，想着她在凯瑟琳的房间里找到的那封电报。韦斯科特先生隐瞒了妻子即将回来的事情，而他姐姐其实一直都知道。也许这个时候还不能告诉他这个事实——等到他们之间的事情更加明朗一些之后,再让弗洛伦斯告诉他比较合适。

"叽叽喳——叽叽喳——叽叽喳。"奥比特站在河对岸的树梢上叫着。它的叫声急促又紧张,像警报声。

海伦娜脑子里的想法随风飘散,感官顿时又变得灵敏起来。她站起来,看到一双蓝绿相间的翅膀在河的对岸盘旋而去。"不!"她喊了起来,可声音有些微弱,"回来!"

韦斯科特先生和弗洛伦斯都转过身来,看着她。

"那是奥比特的呼叫声——我之前听到过。"海伦娜说,"它一定碰到了什么可怕的东西。"

弗洛伦斯和韦斯科特先生茫然地望着她。

"也许它是被一只天鹅或者黑水鸡吓着了?"韦斯科特先生说,"我真的很抱歉,格雷厄姆小姐。你让我做什么事都行,只要能把它哄下来。"

"我了解奥比特。一定是发生了什么不好的事情。"海伦娜仰着头,望着天空中奥比特渐渐消失的翅膀。

弗洛伦斯拽了一下她父亲的手,说:"快,我们得跟着它。"

"但是这不可能……鸟儿能飞,我们又不能。"韦斯科特先生说道。

"这个世界上没有什么是不可能的,"海伦娜坚定地说道,"就算你们不来,我也会跟着它。我想它一定是想要告诉我们什么事。"

"这真的不可能。"韦斯科特先生又喃喃道。

"海伦娜说得对,爸爸。想想我画的画,想想莱特兄弟!"弗洛伦斯说道。

韦斯科特先生眼睛里总是迷茫的神色逐渐明朗起来。

海伦娜等不及他做决定,没时间了。她转身就朝奥比特厉声尖叫的方向狂奔,仿佛她的生命全系于此。

第三十九章

河流

最近下过雨,河岸边滑溜溜的,海伦娜的靴子在泥里嘎吱嘎吱作响,让她好几次失去平衡跌倒在地。弗洛伦斯扶她站了起来,抓住她的手,而韦斯科特先生趔趄着跟在她们身后。

海伦娜停在了水边。有人头高的芦苇和柳树挡住了她们继续前进的路。

"呱——呱——呱。"奥比特在高空中发出尖厉的叫声。海伦娜瞥到一抹蓝绿相间的影子在河对岸的树上盘旋。

河岸上传来一阵低沉的碰撞声。一艘被绑在木桩上的船在水面上摇晃着。

韦斯科特先生气喘吁吁地跟来:"没有前进的路了。我们必须回去坐马车。"

"不。"海伦娜喊道,"看!"韦斯科特先生和弗洛伦斯都看向了她指着的方向。河对岸,一团微光在一小片树林里若隐若现。"让奥比特觉得害怕的东西就在那边,我们得过去。"

"可是……这得过河。"弗洛伦斯说道。

"没问题,弗洛伦斯。看——我们可以坐船过去。"海伦娜说道。

"我们……不能把别人的船划走吧,格雷厄姆小姐。"韦斯科特先生有些迟疑地说道。

"不,"弗洛伦斯坚定地说道,"我是绝对不会坐任何船的。"她一下子坐在草地上,用手背揩了揩鼻子。

海伦娜盯着河岸看了一会儿,又看了一眼拴着船的木桩。这一定让弗洛伦斯想起了很多恐怖的往事——关于那次事故,还有可怜的伯蒂。

奥比特在那片树丛上盘旋着,叫喊着:"叽叽喳——叽叽喳——叽叽喳。"那声音越发紧急。它到底在上面看到了什么?

"求你了,弗洛伦斯……我了解奥比特。它这样做,一定有什么特别的原因。"

韦斯科特先生看上去始终不太相信。他挠了挠下巴,望着河对岸的那一团光亮。"你之前说,你觉得我会把奥比特带给我姐姐……格雷厄姆小姐,你为什么会这么认为呢?"

海伦娜的手指在系着小船的绳子上捣鼓着。"阿姆斯大学酒店的人说,韦斯科特小姐在格兰切斯特租了一间小屋。"

"真的吗?可是我怎么一点儿都不知道?"韦斯科特先生皱着眉头问道。

"海伦娜,你弄那根绳子干什么?"弗洛伦斯打断了他们的对话。她的声音充满了恐惧。

"我们得到河对岸去,去找奥比特。"海伦娜说着,跳上小船,船身晃动了一下。

"格雷厄姆小姐……我真的不太赞同——"韦斯科特先生说道。

"没时间再想了,"海伦娜说,"弗洛伦斯,你在船上会很安全,我不会让你有事的。我和爸爸曾经在伦敦的蛇形湖上划过很多次船。"

"可是河里面不一样,它很危险。"弗洛伦斯小声说着,"水里面有暗流、有芦苇,还有各种暗礁,这些东西可能会让我们丧命的!"

韦斯科特先生向前走了一步,然后把一只安定人心的手放在弗洛伦斯的肩膀上。

海伦娜朝她的朋友伸出了手,说:"来吧。还记得你说的那些关于不可能的话吗?"

弗洛伦斯的脸在一片昏暗中变得苍白。

"好吧,我不能让你一个人划船。"韦斯科特先生叹了口气,冲海伦娜紧张地笑了一下,"其实之前你带着你的鹦鹉到来的时候,我就多少觉得事情可能会变得……不一样。"他跳上小船,小船晃动起来。

海伦娜也冲他浅浅笑了一下,然后再次向弗洛伦斯伸出了手。

"来吧,宝贝儿。"她的父亲喊道,也伸出了手,"别害怕。"

弗洛伦斯谨慎地朝他们的方向走了一步,然后又停了下来,摇摇头,轻声说道:"不行,我还是不行。"

海伦娜探过船边,把两只手都伸了出去,说:"别让过去的事情阻挡你继续前进,弗洛伦斯。"

韦斯科特先生轻轻地点了点头,说道:"格雷厄姆小姐说得对。这是一条相当正确的生活法则。"

海伦娜咽了咽口水,要是她自己也能做得更好就好了。她的话和韦斯科特先生的鼓励似乎起到了作用。弗洛伦斯又向前跨了一步，慢慢朝海伦娜和她父亲伸出手去。他们一起抓住了弗洛伦斯的胳膊，帮她上了船。他们都静静地伫立在黑暗中，水流拍打着船身，弗洛伦斯的呼吸比他们身边的空气还要沉重。海伦娜松开了拽着弗洛伦斯胳膊的手，领着她坐到船尾，尽量放低身体，远离水面。船上的座椅下面有一块叠起来的毯子。海伦娜把它拿出来抖开，盖在弗洛伦斯还在颤抖着的膝盖上，然后检查了一下两支桨，松开了拴在木桩上的绳索。

韦斯科特先生把船推离了河岸。

弗洛伦斯的眼睛紧闭着，她俯下身子，把头靠在颤抖的膝盖上。

海伦娜深吸了一口河面上湿润的空气，用力地划起了桨。

"呱——呱——呱。"

弗洛伦斯突然睁开了眼睛。小船晃得厉害，她坐直了身子，朝着奥比特尖叫的方向看过去。

海伦娜右手里的桨抵住了河床。这里的河水有些浅，她努力保持双桨稳定，抵抗着水流的阻力，手都有些发酸了。她把右桨向后倾斜，竖直着放在船上，然后松开桨，用手揉了揉自己的肩膀。

"海伦娜。"弗洛伦斯焦虑地喊道，扑向前去抓住那支桨。

小船剧烈地摇晃起来，水流冲击着船身。

弗洛伦斯的脸在黑暗中一片蜡黄，好像晕船得厉害一样。她转过身来，挨着海伦娜坐到窄窄的坐板上，两人胳膊肘挨着胳膊肘。她轻轻把船桨滑回水中，河面上溅起了小小的水花。

"你确定你想划桨吗？"海伦娜轻柔地问道。弗洛伦斯快速点了点头，嘴唇抿成了一条线。

"这才是我的女儿。"韦斯科特先生朝她靠过去，捏了一下她的膝盖。

"一、二、三，划。"海伦娜喊着。她们的桨不太同步，颠簸的船头在水中缓缓划出一道水痕来。

弗洛伦斯紧紧地抓住她的桨。海伦娜等着她再划一次，好跟上她的节奏。慢慢地，她们的桨开始有规律地摆动着，往前探、往后划，往前探、往后划。

海伦娜抬头一看，他们已经快到河对岸了。

她更加用力地划着，弗洛伦斯也一下一下地配合她，眼睛里流露出既坚定又害怕的神色。

海伦娜朝着泊船的地方划了过去，船头撞上了泥泞的河岸，发出砰的一声。夏日夜晚河岸上的响声和气味一下子就钻进了她的耳朵和鼻子里——水流一下一下地撞击船身的声

第三十九章 河流

音,微风的呼呼声,某种栖息在河中的动物钻进水里的声音,还有烧木头的味道。烧木头?

"看。"韦斯科特先生指着树林里边说道。

奥比特在一间亮着灯的小屋上尖叫着盘旋。

海伦娜保持船身平稳,让弗洛伦斯跳上岸。她晃了一下,然后落在地上,好像身体变成了某种液体。她真勇敢,用这样一种平静而坚决的方式去面对她那些恐惧。

海伦娜咽了咽口水,她也需要用这种方式来面对她自己的恐惧。可要是奥比特不飞下来怎么办?

系好小船,他们朝着在风中沙沙作响的一小片树林走去。那是一条破烂泥泞的小路,仿佛在他们之前已经有许多人踩着荨麻草、拨开纠缠在一起的荆棘路过于此。

前方的光亮透过树叶的缝隙吸引着他们前行。突然,一阵高声说话的声音钻进了海伦娜的耳朵里。是凯瑟琳·韦斯科特!

海伦娜一个箭步冲了出去,弗洛伦斯和韦斯科特先生紧随其后。弗洛伦斯突然绊了一跤,海伦娜把她拉了起来,继续往前走,一直走到一间有着白色茅草屋顶的小屋前的一小块空地上。屋檐下,两扇半月形的窗户透出光亮,好像昏昏欲睡的猫咪的眼睛。一道光从半开着的门里射出,照亮了门口的台阶。

"叽叽喳——叽叽喳——叽叽喳。"奥比特在小屋的屋顶上叫喊着。

海伦娜冲向前去,循着说话声吧嗒吧嗒地走过那条鹅卵石小路,朝门的方向走去。

"那只该死的鸟一直叫个不停。"凯瑟琳喊道。

"它肯定是某个人的宠物,然后跑出来了……"另一个轻柔一些的声音说道,"可怜的鹦鹉肯定害怕极了。"

大门发出了嘎吱的声音,两个人同时转身朝门口望去。

凯瑟琳的双颊绷得紧紧的,好像挂在晾衣绳上的床单一样。她身边站着的那个女人,穿着轻薄的带蕾丝花边的白色连衣裙,浅黄褐色的头发松松地挽成一个发髻。

弗洛伦斯眨了眨眼睛,好像见了鬼一样。

凯瑟琳倒吸了一大口气,然后靠在墙上,试图让自己镇静一些。她的嘴张得大大的(以一种极不淑女的方式)。

"弗洛伦斯?"那个有着浅黄褐色头发的女人说道,声音轻柔如夜莺。

弗洛伦斯一把抓住海伦娜的胳膊,指甲都掐进了她的皮肤里。随着弗洛伦斯的喘息声,五个字从门口的台阶上飘进了门厅里:"是你吗,妈妈?"

第四十章

团聚

此起彼伏的声音回响在这间林间小屋里,比韦斯科特先生家里所有时钟的声音都要响亮。

"弗洛伦斯。噢,我亲爱的女儿——你竟然在这里!你怎么穿着伯蒂的衣服呢?还有,你的头发怎么变成这样了?"(弗洛伦斯的母亲)

"噢,妈妈!我和爸爸都以为你把我们忘了呢……"(弗洛伦斯)

"什么……?怎么会……?噢……"(凯瑟琳)

弗洛伦斯整个人都依偎在母亲的臂弯里,海伦娜觉得她们两个人都快融为一体了。海伦娜感到胸口有些疼痛,她双臂交叉着抱在胸前，直到觉得疼痛减轻了些。

"伊万杰琳？"韦斯科特先生在后面轻声说道。

海伦娜回过头去。他紧紧抓着门框，脸色苍白得就像斯坦利的粉笔。

"埃德加。"弗洛伦斯的母亲咧开嘴笑着说道，"亲爱的，你好些了吗？"她拉着弗洛伦斯的手，从海伦娜身边经过，向她的丈夫走去。三个人紧紧地拥抱在一起。

"好吧……这可真是……没有料到啊！"凯瑟琳的脸刷的一下红了。那顶棕色的毡帽在她头上晃晃悠悠。黄褐色的饰带周围，极其巧妙地点缀着极乐鸟翠绿色的羽毛。凯瑟琳转身时，海伦娜发现，除了羽毛之外，还有一只黄色的眼睛正盯着她。整只鸟的身体环绕在帽子上，头、脖子、身体和脚都能清晰地看到。听着奥比特在门外发出的警告似的尖叫，海伦娜吞下了涌上喉咙后部的火辣辣的酸水。奥比特是被凯瑟琳的帽子吓坏了——被那些羽毛和那些鸟儿标本吓坏了。所以不管什么时候凯瑟琳接近它，它都会尖声抗议。但是她勇敢的鸟儿还是带着他们来到这里——让弗洛伦斯和她的爸爸妈妈团聚。

"凯瑟琳，"韦斯科特先生用一种海伦娜之前从未听过的声音说道,那声音既坚定又冷静,仿佛风平浪静时的海面。他从妻子的怀里抽回身子:"我的妻子为什么会在这儿,在格兰切斯特?"

凯瑟琳挺直肩膀,直直地盯着弟弟的眼睛说道:"听我解释,埃德加——"

"我们去过酒店了。"海伦娜打断了她,被凯瑟琳帽子激起的怒火还是令她受伤,"我在你的房间里找到了弗洛伦斯妈妈的电报,你把它当成书签夹在书里。我还看到了你的那些帽子……你想要我的鹦鹉!"

凯瑟琳的脸一下子绷紧了。"你翻过我的东西?而且,你说我想要你的鹦鹉是什么意思?我喜欢死了的鸟儿,可不是活着的。"

"海伦娜还找到了一封来自巴林顿医生的信,信上说爸爸要被送去精神病院。"弗洛伦斯也从母亲的怀里离开,说道。

"电报?精神病院?"弗洛伦斯母亲皱着眉头问道,"到底发生什么事情了?"她轻轻地摇了摇头,牵着凯瑟琳穿过一扇开着的门,走进一个房间。房间里摆着几把安乐椅,壁炉里炉火熊熊。

凯瑟琳怔怔地站在窗前,看着窗外蜿蜒的河流,那条带给韦斯科特一家无尽痛苦的河流。

弗洛伦斯走过去跟她母亲挤在一张小小的沙发上,紧紧地抓着母亲的手。

韦斯科特先生站在壁炉前,用手不停地揉着下巴,目光一直停留在他的妻子和女儿身上,仿佛再也不会让她们其中任何一个离开他的视线。

海伦娜坐在其中一把椅子的扶手上,膝盖有些发抖。她迫切地想把奥比特召回来,但她先要知道为什么弗洛伦斯的母亲会出现在这里,为什么凯瑟琳要拿走那封电报,而且要把弗洛伦斯的父亲送到精神病院去。

"好了,凯瑟琳?"弗洛伦斯的母亲往前探了探身子,"你能解释一下到底发生什么事情了吗?"

凯瑟琳默不作声,一根手指轻轻地叩着嘴唇,目光呆滞。

弗洛伦斯的母亲有些不耐烦地叹了口气:"凯瑟琳说你……不太对劲,埃德加。她说你觉得我最好不要马上回家。她租下了这个小屋。实际上,我很欣慰,能回到这条河边,回到伯蒂……"她停顿了一下,眼睛里泛起了泪花,"之前我实在是太虚弱了,凯瑟琳又告诉我弗洛伦斯被照顾得很好,也很开心,我就被她说服了。"

第四十章 团聚

"可是我真的一点儿都不开心。"弗洛伦斯大喊道。她从口袋里掏出了海伦娜找到的电报,摊在她母亲的大腿上:"海伦娜在凯瑟琳姑姑的房间里找到了这个,爸爸去车站接你的时候,你为什么不在?"

韦斯科特先生向前走了一步,拿起那封电报,扫了一眼上面的字,脸色一下子变得苍白。"伊万杰琳,按照你说的,我去车站接你,可是你不在那儿。我从车站回来就一直在找这封电报,想着我是不是记错了时间,但是怎么都找不到。"他转头看着他的姐姐,"是你把这封电报从我家带走了,是吗,凯瑟琳?你为什么要这么做呢?而且,我的妻子在这间小屋里做什么呢?"

海伦娜双手握成拳头,放在大腿上。弗洛伦斯担心地看了她一眼。这会是他们终于要知道所有真相的时刻吗?

第四十一章

真相

"其实事情很简单。"凯瑟琳轻声说道,"自从伯蒂去世之后,埃德加就变得越来越不适合经营家族的印刷厂了,还有你,伊万杰琳,我觉得你也没有能力继续照顾弗洛伦斯。"

"先停一下……"韦斯科特先生脱口而出。

弗洛伦斯母亲脸上的血色渐渐消失。

"等等,"凯瑟琳举起一只戴着手套的手,"你们想要我解释,所以我在解释。"

韦斯科特先生的嘴唇抿成了一条线,他点了点头,示意她继续。

"自从伯蒂去世之后,我很高兴可以照顾弗洛伦斯——她

第四十一章 真相

是一个很容易照顾的小孩,你们不会没有发现这一点。可怜的伯蒂走了,我们都很伤心,但是你们眼前还有一个活生生的、十分聪明的女儿。她因为你们任性的悲伤和不安全感而几乎被撇到了一边。

"埃德加关于钟表停止的迷信简直太可笑了。我们可以决定自己的命运,而绝不是受那些金属零件以及齿轮和发条掌控。母亲去世的那天夜里,她的时钟停摆只是一个巧合而已,随后父亲的去世也是如此。但是埃德加被他自己荒谬的念头蒙蔽了双眼,看不到那些更加显而易见的原因。"

海伦娜的脑子里突然闪现出一个惊雷般的想法。"就是你!你母亲去世那天,是你把那个有圆脸摆锤的钟给停了。"

韦斯科特先生深吸了一口气,否定道:"不……不,这不可能。"

凯瑟琳长舒了一口气,说:"是的,海伦娜说得对。母亲去世那天,就是我让她的时钟停摆了。可是你根本就看不明白,时钟停摆跟她的死毫无关系。"

韦斯科特先生蹒跚着朝壁炉边上的一把椅子走去,然后坐在上面,揉着自己的脸颊。"母亲的时钟不是自己停摆的?"

凯瑟琳摇摇头,说:"小时候,总是你去给母亲的时钟上发条。我想着,要是我让它停摆了,你肯定就得有麻烦了。埃德加,你拥有一切:能上昂贵的寄宿学校,跟父亲讨论印刷厂的事情,还能去美洲旅行一整个月。我却一直被留在家里,无人理睬。我们在剑桥长大。我跟保姆去城里时,看到那些女学生赶着去大学上课,怀里抱着书,脸上写满了各种可能性。你还记得吗?我曾经跟你讨论过这个话题——问你我是不是也可以去那里学习。你大笑起来,说我应该把这些可笑的想法彻底抛开。"

韦斯科特先生用手捂住嘴巴,摇了摇头,仿佛有很多话在脑子里响着,躁动不安。

"那么这次还是你……又让时钟停摆了。"海伦娜说道。

凯瑟琳点点头。

"可就是因为这样,福克斯夫妇就要被送去济贫院了!"弗洛伦斯生气地喊道。

她姑姑的双颊悄悄泛起了一丝红晕。"我真的十分抱歉。我去马厩找了,想着也许埃德加把福克斯的东西都放在那儿了,要是找到的话,我就能还给他们。"

这就是为什么凯瑟琳那天夜里去了马厩。

"我跟律师的儿子特伦斯也说过。我知道他跟伯蒂是好朋

第四十一章 真相

友。我问过他,想找出那些财产藏在什么地方。可是他什么都不肯告诉我。"凯瑟琳短短地叹了口气。

"但是,这真是……太糟糕了。我到底做了些什么啊?这意味着我拟定的那些合约简直……太愚蠢、太荒唐了。其实马青顿先生也不同意我那些关于钟表的合约,他每天都给我打电话,劝我把它们撤回。但是我拒绝了,因为我只想着阻止悲剧再度发生。福克斯一家——我会想办法弥补的。"韦斯科特先生说道,他在逐渐意识到自己的过错后脸色大变。

"别担心,爸爸。"弗洛伦斯说,"特伦斯·马青顿后来决定帮助我们了。在我们说话这会儿,斯坦利会帮福克斯先生一家把东西都拿回来的。"

韦斯科特先生冲他女儿微微一笑,有一种如释重负的感觉。

凯瑟琳坚决的目光落在弗洛伦斯身上。"你爸爸不适合运营家族企业。我曾经很多次跟他说我可以帮他,但是每次他都会拒绝我。伯蒂走了之后,即便你成年了,他也不会把产业交给你。对我们两个来说,唯一的出路就是由我来运营印刷厂,然后在恰当的时机交给你。"

弗洛伦斯有些害怕地倒吸了一口气。

"但是……凯瑟琳……这也太荒谬了。"韦斯科特先生搓着双手,大声吼道。

"所以,这就是你让时钟停摆的原因吧?"海伦娜问道,"让韦斯科特先生看上去疯疯癫癫的,这样就可以把他关进精神病院,然后你就能接手家族企业?"

"你几乎跟我的侄女一样聪明。"凯瑟琳小声说道,赞许地望了海伦娜一眼,"埃德加根本没意识到我已经看到了伊万杰琳说要回来的电报。我立刻发了一封电报回去,让她在比计划更晚一点儿的时候回家。然后我就把她带来了我租下的这间小屋里。当埃德加按照电报上的时间去车站接伊万杰琳时,我就在他出门期间让那些时钟都停摆,并且拿走了电报,等他回来的时候,他的迷信就会让他觉得一定是有什么糟糕的事情发生在伊万杰琳身上了。这样就可以让他看起来像失去了理智,就像巴林顿医生说的那样。"

"可是我爸爸没有疯。"弗洛伦斯站了起来,眼睛里闪烁着光芒,反驳道,"你没有帮他,反而让他越来越迷信,让他觉得自己病了。你怎么能这么可怕?"

弗洛伦斯的母亲脸色苍白,她默默地点了点头,起身站在她女儿的身边。

第四十一章 真相

"我本来想今天晚上让时钟停摆，再加上弗洛伦斯和海伦娜的行动，埃德加会彻底变得偏执和不理智。"这些话从凯瑟琳的嘴里滚了出来，好像令她十分享受一般。

海伦娜惊呆了。

"你说的是什么意思？'行动'？"弗洛伦斯问道。

"你穿得像伯蒂一样，还把以前房子里的东西都拿回来，这一切都让你爸爸觉得愈加不舒服。我安排巴林顿医生明天就把他带到精神病院去。这会对你大有好处的，埃德加。"凯瑟琳冲着她弟弟笑了一下。

"简直难以置信。"弗洛伦斯咕哝着，眼睛里燃起了火焰。

"凯瑟琳，这真是让我太难过了。"韦斯科特先生轻声说道。

凯瑟琳转过头去看着她的弟弟。

"你是我唯一的姐姐。我信任你……对你也十分尊重。"韦斯科特先生说道，眼睛里盈满了泪水，"你真的没必要嫉妒我。从小到大，我都希望我们的关系更加亲密一些，可是我从来都理解不了为什么不能。"

凯瑟琳咽了一下口水，低着眼睛看地毯，说道："那你现在知道了吧。"

韦斯科特先生笨拙地从夹克口袋里掏出一块手帕，擤了擤鼻子。

"这真的太荒谬了,凯瑟琳,"伊万杰琳·韦斯科特说道,"你觉得我会让巴林顿医生把埃德加从我们身边带走,送进精神病院,然后你就可以接手家族产业了?"

"为什么不行呢?"凯瑟琳耸了耸肩,反问道。

海伦娜用诧异的目光盯着凯瑟琳。她脸上没有表现出一点点歉意。尽管她这些执迷不悟的行为跟她想要得到更多的机会有关——确实有些机会对于女性来说十分难得(甚至根本不能获得)——她的所作所为确实是十分残忍和错误的。海伦娜想起了弗洛伦斯和她寄给莱特兄弟的那些信,以及那些她姑姑带来给她鼓励的书和给她聘请的家庭教师;想起了斯坦利坚持要自己选择人生道路,而不是听从父母安排的决心;想起了之前在路上看到过的带着书籍、脸上光彩夺目的女孩们。毫无疑问,她们的学习之路也很艰难,但她十分确定,她们不会采用这样卑劣的手段来实现自己的抱负。

弗洛伦斯的母亲双手拧着一块手帕,手帕的一角绣着风铃草——海伦娜之前在凯瑟琳的酒店房间里,在从大衣口袋中发现的手帕也有同样的花纹。

"当我们非常需要你的善意和理解时,你这些不负责任的

第四十一章 真相

行为以及给我们全家带来的种种伤害,实在让我感到非常困惑,凯瑟琳。"韦斯科特先生说道,他站在妻子和女儿中间,伸出手把她俩都搂在怀里。

凯瑟琳的脸上闪过一丝疑惑,好像不相信她的家人竟然不理解她的行为一样。当凯瑟琳看着弗洛伦斯和伊万杰琳都依偎在韦斯科特先生的怀里时,海伦娜看到她的眼睛里掠过一丝后悔。凯瑟琳揉了揉她精致的鼻子,准备发话。她是打算道歉吗?可是她只是摇了摇头(略带一点儿悲伤),用手捂住嘴,转身离开了。

海伦娜已经听得够多了。那些在她脑子里嗡嗡作响的问题也有了答案,只是答案不是以她预想的方式出现。她站起来,朝门口走去,回头看了一眼韦斯科特一家,他们都面无血色,一脸震惊,正各自消化着那些关于对方的真相。她、弗洛伦斯和奥比特让他们一家人重新团聚在一起,但是她有一种感觉,要抚平伤口,回到从前,这一家人也许还要花上很长一段时间。与此同时,她珍贵的鸟儿还在外头的树梢上飞来飞去。她应该怎样把它弄下来呢?

第四十二章

可能性

　　明亮的日光下，海伦娜和父亲肩并肩坐在河岸边。好像随着那座钟表房子的秘密被揭开，乌云都消散了，夏日终于如喷泉一般在他们身边绽放。她仰着头，用脚轻点着水面，激起一圈一圈的涟漪。当奥比特飞过一棵柳树上空时，她瞥见它蓝绿相间的尾羽。"奥比特，"她的声音有些嘶哑，"快下来吧，快下来，可爱的鸟儿。"微风拂过她的发丝，掠过她的耳畔。"奥比特。"她又冲着清新的空气喊了一声，这时，一只扇着黄铜色翅膀的蝴蝶飞过。

　　海伦娜的父亲将一只手轻轻地搭在她的右肩上。他们一整天都在沿着河岸走，父亲拿着奥比特的笼子，她则拿着几片

第四十二章 可能性

苹果和一把坚果,想要把奥比特引下来。偶尔,它会飞得很低,尾羽拂过她的头或者胳膊,然后又朝空中飞远。

河面上的船夫用手指着站在树梢上唱歌的鹦鹉,被逗得哈哈大笑。

骑着自行车的人们也笑着向他们挥手。

路人站在那儿,同情地看着他们努力要把鸟儿从树上引下来。

头天晚上,海伦娜提着空空的笼子回到韦斯科特先生的房子时,她父亲正瞪着眼睛,站在门口的台阶上看着弗洛伦斯和韦斯科特先生跟在伊万杰琳·韦斯科特的身后,从马车上下来。他还看到韦斯科特先生跟他姐姐说,让她最好马上回伦敦。

凯瑟琳对于这个提议十分恼火,但是也没有反驳。离开之前,她转过身来面对着弗洛伦斯和海伦娜。"你们要坚持好好学习。"她的脸颊布满了红晕,"我希望你们的生活中能有那些我不曾拥有过的东西。"

海伦娜希望韦斯科特先生可以原谅他的姐姐,希望他们能找到一条通往更幸福的未来的道路。不过,从韦斯科特一家三口那心烦意乱的表情来看,这似乎还得等上一段时间。

"这真令人担忧。"前一天晚上,海伦娜的父亲一边从海伦娜手上接过那个空空如也的笼子,一边说,"我的火车晚点了,我回来的时候整个房子一个人也没有……时钟全都停摆了……"

海伦娜扑到父亲的怀里,哇的一声哭了出来,告诉父亲奥比特飞走的事。父亲轻轻地摸着她的头发,安慰她说,明天一大早就回到河岸边的草地,试着把她的青绿顶亚马逊鹦鹉抓回来。尽管他们在黎明时分就赶到了那片草地,但直到中午甚至到黄昏的时候,奥比特还是不肯下来。

"求求你,快回来吧!"海伦娜冲着天空再一次呼喊,还把笼子上挂着的那面镜子敲得叮当作响。

海伦娜很高兴弗洛伦斯能找回她的母亲。可是她自己的母亲再也不会回来了,而且现在属于她母亲的最后一部分,也飞到天上去了。一想起母亲的怀抱,想起她教奥比特说话唱歌时发出的咯咯笑声,海伦娜就觉得胸口刺痛。

"它是妈妈留给我的全部,我不能失去它。"海伦娜说道,她的嗓音都变了。

"噢,我亲爱的海伦娜。奥比特绝不是你妈妈留给你的全部。她在这里。"父亲轻轻拍了拍自己的胸口,心脏所在的位置,"她已经是你的一部分了,而且永远都是。"

"可是……我永远都听不到她的笑声了。"海伦娜哑着嗓子说。

父亲一把把她拉了过来,下巴上的胡子擦着她的头发。"你妈妈很喜欢那只鸟儿,而奥比特又总是喜欢模仿她。不过也就是这样而已。它是一只鸟儿,而鸟儿天生就热爱飞翔。你还记得你妈妈曾经把它从笼子里放出来,它就在房间里一圈一圈地飞吗?"

海伦娜将眼泪憋回去,点点头。

"把它抓回来,再关回笼子里,是一件非常困难的事。它热爱自由。"

"可它只是只宠物啊。"海伦娜低声说道,"今天晚上我们就在这儿等着,也许,它就会回来呢。"

"鸟儿在饿了或者冷了的时候总会回来的。可是你觉得奥比特的叫声听上去像是它想回来了吗?"海伦娜的父亲温和地对海伦娜说,"也许,奥比特需要来一场自己的冒险呢?"

海伦娜想了想那个小小的、关着的笼子,还有笼子底部那些被奥比特自己拔掉的羽毛,又想了想韦斯科特小姐帽子上那些可怜的死去的鸟儿，然后抬头看着那一望无际的天空。对于鸟儿来说，那里有着它所渴望的无限的可能。可是，她滚烫的眼泪止不住地流了下来。

父亲用他的手帕擦了擦海伦娜被泪水浸湿的脸颊，手帕上有着机油、金属和木头的味道。"我一直在想，也许我们并不需要一家自己的钟表工坊。也许是我太有野心，被这个想法蒙蔽了双眼。我想，正是因为这样，我才没多考虑我们可能会失去的东西。"他停顿了一下，"我应该去找一份工作，一份可以让我们有更多时间待在一起的工作。海伦娜，我真的很抱歉。自从你妈妈去世之后……我就完全沉浸在工作当中，忽略了你。你在韦斯科特先生家帮了我很多忙，你天性好问，你帮助韦斯科特一家团聚，而且，你在与钟表打交道方面也表现出极高的天赋，我真为你感到自豪。我也非常希望你能继续帮我……如果你愿意的话。"

海伦娜还没来得及收回眼泪，就颤抖着微笑了一下。

父亲轻轻地亲了一下她脑袋的一侧，说："我想，我们该回去了。今天早上，我跟韦斯科特先生讨论了关于那些钟表的事情。他在考虑把这些钟表都捐作慈善用途——似乎突然很想把它们都处理掉——尤其是他母亲的那座钟。他问我想不想帮助他建立一座钟表博物馆。这可能不如开一家钟表工坊挣得多，但也许我们需要一个全新的开始？也许我们真的可以讨论一下……等事情再平息一点儿以后。"

海伦娜摘下一片长长的草叶子，把它揉进手掌里。她不像父亲那样热爱钟表，可是在面对这些机械时，她的确觉得它们比缝纫什么的更有意思，而且父亲也说她在这方面有天赋。父亲告诉她，其实她还有更多惊人的天赋——那就是倾听与观察，然后做出大胆的决定，帮助一个破碎的家庭再度团圆。海伦娜想到凯瑟琳和她那种对个人成就的渴望，以及这种渴望是如何驱使她做出那些错误的决定的；想到弗洛伦斯和她精湛的绘画技巧，以及当她终于打开莱特兄弟的信，受邀去伦敦一起讨论她和斯坦利关于飞行器的想法时咧开嘴大笑并欢呼的高兴样子；还想起了马上就可以去剑桥大学学习的斯坦利。韦斯科特先生十分感激斯坦利在这段日子里帮忙操持家务，决定给他免费提供在剑桥学习期间的全部食宿，还请他在周末的时候辅导弗洛伦斯。生活的方式有很多种，突然，不可能变得更有可能了。

海伦娜听着父亲往回走的脚步在草地上踩出窸窸窣窣的声音，叹了口气，望向天空和那些掠过的流云。"明天我还会回来的，亲爱的鸟儿。"她悄悄说道，"我每天都会来这儿，直到你飞下来为止。"她的话被风吹得很高，吹到了树顶，吹进了轻轻晃动的树叶和嘎吱作响的树枝间，一只蓝绿相间的鹦鹉正站在那里梳理着自己的翅膀，它明亮的小眼睛在逐渐昏暗的暮色中闪闪发光。熟悉的笑声回荡在树林里，仿佛瀑布哗啦啦的流水声一般，海伦娜的心既高兴又有些疼痛。

奥比特点了点头，一次、两次、三次，然后振翅飞入了那片充满无限可能的天空中。海伦娜也深吸了一口气，朝着属于她自己的、拥有无限可能的未来迈进。

安 - 玛丽·豪厄尔

关于作者

安-玛丽·豪厄尔的灵感总是来源于她身边的那些故事，也来源于想象力那拨云见日、揭秘过去的魔力。参观坐落在贝里圣埃德蒙兹的莫伊斯大厅博物馆时，安-玛丽·豪厄尔被那里数量庞大的钟表深深吸引住了，而这些钟表，竟然曾经都属于同一个人。她开始想象一个沉迷于收集钟表的人会是什么样子的，而故事的构思就从她参观完伦敦科学博物馆开始……

安-玛丽·豪厄尔的处女作《遗失秘密的花园》出版于2019年，甫一出版就获得了高度评价。目前，作者与她的先生和两个孩子生活在英国的萨福克郡。

《一百座时钟的房子》
写作背后的灵感

坐落在贝里圣埃德蒙兹的莫伊斯大厅博物馆收藏了许多精致的时钟、手表和计时器,它们曾经属于当地一位叫作弗雷德里克·格肖姆·帕金顿的收藏家。我曾多次参观这座博物馆,经常在想到底是什么原因让这位格肖姆·帕金顿收藏了这么多钟表。一开始,我觉得肯定是有什么特别神秘的原因,当我做了许多调查之后才断定,他就是特别特别喜欢钟表!从那时开始,一个关于沉迷于收藏钟表的收藏者的故事就在我脑海里萌芽。在参观伦敦科学博物馆的时候,我们顺便去钟表匠博物馆转了一下,那里摆满了各种有趣的计时装置(有两个我已经写进我的故事里了——一个是约翰·哈里森的航海天文钟,还有一个是据说属于艾萨克·牛顿爵士的台钟)。这是一个十分值得参观的地方,尤其是在正午,当所有时钟都开始整齐地报时的时候。我在脑子里开始想,要是我故事里这个沉迷于收集钟表的人，雇了一个男人和他的女儿，让他们不惜一切代价保证时钟一直运转和报时，会怎么样呢？而且，要是时钟停止了，这些人就会失去非常珍贵的东西，这样又会发生什么事情呢？

当我在构思初稿时，我研究了许多种不同类型的钟表，跟常驻莫伊斯大厅博物馆给那些钟表上发条的工匠度过了一段非常愉快的时光。他给我演示了不同类型的落地大摆钟是怎么上发条的，我甚至有机会亲自给其中的一座上了发条！我在 YouTube 上看了好多视频，感受不同的时钟发出的不同的报时声。一个在上班的朋友把他的怀表借给了我，现在它正静静地躺在我的书桌上，嘀嗒嘀嗒地响着。

就一部小说的时间设定来说，爱德华时代似乎并不是一个很有趣的时期——从 1901 年到 1910 年，正是爱德华七世短暂执政的时期。在1905年,妇女争取权利的运动已经如火如荼地开展起来,许多重大的发明和社会变革也在那时出现,包括航天飞行的发展,也包括吸尘器的发明、电话和电力更加广泛的运用——所有这些东西都出现在这个故事里。

  我希望这本书里事件发生的地方可以给1905年发生的巨大社会变化提供一个合适的背景。我把整个故事放在剑桥,是因为我曾经在这座美丽的小城生活和工作过一段时间,而且这里有着一所举世闻名的大学作为其核心。当然,每当我们提到剑桥的时候,总是会首先想到剑桥大学,可是还有许多普通人在这里生活和工作。故事里提到的住着十九个家庭的两座小屋和那些收容穷人的济贫院在1905年的时候的确存在。然而,我的故事是虚构的:韦斯科特先生的家,哈德威克宅和故事结尾那间坐落在格兰切斯特的小屋只是我想象的一部分,当然，斯坦利和弗洛伦斯想帮助莱特兄弟的事情也是虚构的！

　　我对那些能说话的鸟儿总是十分感兴趣，所以很快就让奥比特成为故事情节一个重要的组成部分，即它代表着一段海伦娜对母亲的回忆，是珍贵的、不能失去的。故事的结尾其实在最开始的时候就已经在我的脑海里生根发芽了——这是一个既失落又充满希望的时刻——我必须承认，当我写到最后，要跟故事里的人物告别时，我流下了一滴（或两滴）眼泪，向他们挥挥手，送他们走进属于他们自己的未来，一个我希望充满着他们所期待的无数可能的未来。

　　这个故事的灵感来自很多不同的地方，我非常期待你们会喜欢这个故事，去揭开《一百座时钟的房子》里的秘密。

Ann-Marie Howell

安－玛丽·豪厄尔

图书在版编目（CIP）数据

一百座时钟的房子 /(英)安-玛丽·豪厄尔著；张成译. -- 北京：北京联合出版公司，2024.3（2024.5重印）
ISBN 978-7-5596-6992-6

Ⅰ.①一… Ⅱ.①安… ②张… Ⅲ.①长篇小说—英国—现代 Ⅳ.①I561.45

中国国家版本馆CIP数据核字（2023）第108595号

北京市版权局著作权合同登记 图字：01-2024-0101
Copyright © Ann-Marie Howell, 2020
Published in agreement with Darley Anderson Children's Book Agency, through The Grayhawk Agency Ltd.

一百座时钟的房子
The House of One Hundred Clocks

作　　者：[英]安-玛丽·豪厄尔
译　　者：张　成
出 品 人：赵红仕
责任编辑：周　杨
策划编辑：王利飒
项目监制：李秋玥
出版统筹：马海宽　慕云五

北京联合出版公司出版
（北京市西城区德外大街83号楼9层　100088）
北京联合天畅文化传播公司发行
北京盛通印刷股份有限公司　新华书店经销
字数148千字　880毫米×1230毫米　1/32　9.75印张
2024年3月第1版　2024年5月第2次印刷
ISBN 978-7-5596-6992-6
定价：45.00元

版权所有，侵权必究
未经书面许可，不得以任何方式转载、复制、翻印本书部分或全部内容。
本书若有质量问题，请与本公司图书销售中心联系调换。电话：010-64258472-800